文春文庫

恋風

仕立屋お竜

岡本さとる

文藝春秋

目次

主な登場人物

お竜……………鶴屋から仕事を請け負う仕立屋　しかしその裏の顔は……。
鶴屋孫兵衛…………老舗呉服店の主人　八百蔵長屋の持ち主でもある。
北条佐兵衛…………剣術の達人　お竜を助け武芸を教える。
井出勝之助…………浪人　用心棒と手習い師匠をかねて、鶴屋を住処にしている。
隠居の文左衛門……孫兵衛の碁敵　実は相当な分限者。

恋風

仕立屋お竜

この作品は「文春文庫」のために書き下ろされたものです

一、恋風

㈠

「お竜《りゅう》さん、ちょっと話を聞いてもらいたいのですがねえ」

呉服店〝鶴屋《つるや》〟に用を伺いに顔を出すと、主《あるじ》の孫兵衛《まごべえ》がいつになく神妙な面持ちで、お竜に声をかけてきた。

このところは裏稼業である〝地獄への案内人〟に暇をとられ、表の顔の仕立屋としての仕事がなおざりになっていたお竜であった。

文政四年も既《すで》に十二月に入っていて、今年はもう平和な針仕事に励み、年を越すものだと思っていただけに、

「はい、何でございましょう……」

にこやかに応えたものの、お竜の表情には緊張が浮かんでいた。

ただ仕立物の注文をするだけではあるまい。孫兵衛の声音《こわね》でそれはわかる。

孫兵衛は黙ってお竜を促すと、帳場の奥にある一間《ひとま》へと向かった。

そこで向かいあって座ると、

「お竜さんは、わたしに娘が一人いることを、知っていますか」

まず切り出した。

「はい、お聞きいたしております」

「左様で……」

「確か、お千代《ちよ》さんと」

孫兵衛は、ふっと溜息をついて頷《うなず》いた後、

「箱根の湯本で、長く湯治《とうじ》をしておりましてねえ」

低い声で言った。

「湯本で湯治を？　それは存じませんでした……」

お竜は目を丸くした。

孫兵衛は、随分前に妻を亡くし、長く独り身でいるが、亡妻との間にお千代という娘がいたと、何とはなしに聞き知っていた。

〝鶴屋〟にいないのであるから、いずれかへ嫁いでいるものだと思っていたし、他人の事情については自分から訊ねぬのが、お竜の信条である。

それゆえ、とり立てて気にも止めていなかったのだ。

ただ、〝鶴屋〟には跡取り息子がいないのはわかっているから、

——娘さんがいるのなら、どうして婿養子をとらなかったのだろう。

と、不思議に思ってはいた。

それでも、孫兵衛は予々《かねがね》、

「跡取りなどというものは、どこからかできのよいのを養子に迎えて継がせるなり、奉公人の中からこれというのを選んで継がせれば好いのですよ」

と、公言している。

そうする方が〝鶴屋〟は安泰であるし、多くの奉公人や出入りの者達にとっての幸いでもあるというのだ。

どんな時でも人への気遣いを忘れず、私情に流されず店のことを思う——。

いかにも孫兵衛らしい。

そして、孫兵衛をそういう気持ちにさせるだけの良縁が、お千代に訪れたのであろう。

一人娘である自分の立場を知りながら、他所《よそ》へ嫁いだのである。お千代にとっ

て、

——このお方ならば。

と、強く思える相手であったのに違いない。

つまり、鶴屋孫兵衛の娘・お千代は、この上もなく幸せに暮らしている。真《まこと》に結構なことではないか。

そう思っていただけに、箱根の湯本で湯治をしているとは穏やかでない。

「お体の具合がお悪いのですか?」

お竜は畏《かしこ》まって問うた。

「体の具合というより、心の具合というものでしてね」

「気うつを患われたと……」

「ええ、もう二年近くになりましょうか」

「二年……?」

お竜は言葉を呑んだ。

「そうなんですよ。お竜さんがうちの仕立をしてくれるようになる、一年くらい前の話でしてね」

「何も知らずにおりました……」

申し訳なさそうなお竜に、

「いえ、お知らせするほどの話ではないので、今まで言わずにおりました」

孫兵衛もひとつ頭を下げる。

「もうとっくに、どこかへ嫁いでおいでだと思っておりましたので」

「人のうちの事情は深く問わない。そういうお竜さんだからこそ、恥を忍んで打ち明けたいのですが、聞いてもらえますかな」

「もちろんです。あたしも鶴屋さんの身内の一人だと、勝手に思っております。是非お聞きしとうございます」

「ありがたい……」

孫兵衛は大きく頷いて目を閉じた。

(二)

鶴屋孫兵衛の娘・お千代は現在十八歳。

母はお喜久《きく》という。細面《ほそおもて》の美人で、気立てのよい女《ひと》であった。

孫兵衛にとっては恋女房で、お喜久によく似た娘のお千代が生まれると、孫兵衛は娘を慈《いつく》しみ、妻子のためにと懸命に働いた。

ところが、お喜久はお千代が十二の時に病に倒れ、帰らぬ人となってしまった。

孫兵衛の悲嘆は激しく、その寂しさは娘のお千代を、お喜久のような女に育てあげることに向けられた。

〝鶴屋〟は老舗《しにせ》の呉服店であるから、お千代付きの女中もいるし、養育には困らない。

今でこそ、口では跡取りなどというものは、どこからか出来のよいのを養子に迎えて継がせるなり、奉公人の中からこれというのを選んで継がせれば好いのだなどと口にしているが、孫兵衛も以前は、

「お千代には、日の本一の婿を迎えてやらねばなりません」

と、口癖のように言っていた。

娘夫婦が力を合わせて、〝鶴屋〟を盛り立ててくれたら何よりであるが、励み甲斐のある店にしてやらねばなるまい。

「お千代に譲るまで、わたしはこの店をもっと落ち着かせるつもりですよ」

そのように誓って、商いに身を入れてきたのである。

「ですがねえ、そういう想いが一人歩きして、肝心の娘の方に目が行き届かなく

なってしまったようです」

今となれば、それが悔やまれると、孫兵衛は言う。

亡妻のお喜久に似て、お千代は利発でしっかりとしている。片親であるからと押さえつけず、伸び伸びと育ててやれば、自ずと朗らかで誰からも好かれる娘に成長するだろう。そのように思っていた。

実際、お千代は何をさせてもそつなくこなしたし、稽古ごとの上達もなかなかのものであった。

気立てもよくてよく立ち働き、店の者からも、

「お嬢さまは、じっとしていてくだされば、ようございますよ」

と、よく声をかけられていた。

孫兵衛は娘の成長に目を細め、すっかりと安心していた。

ところが、お千代も十六になり、お喜久譲りの艶《つや》やかさを身に付け、縹緻《きりよう》よしともてはやされ始めた頃、

「娘の様子がどうも落ち着かぬようになりましてねえ」

「もしや、誰かに恋をしたのでは？」

お竜は上目遣いに問いかけた。

ややしばらく

「はい、左様で……」

孫兵衛は重い口調で応えた。

「気が付いた時には、お千代はわたしがかわいがってきた娘ではなくなっておりました」

そもそもが聡明なお千代である。一旦隠しごとをすると、それもまた巧みであった。

孫兵衛が知らぬ間に、男との恋を深めていったのだ。

男は与兵衛《よへえ》という小間物屋であった。

行商をしているらしいが、腕っ節が強く、お千代が常磐津《ときわず》の稽古に行く道中、破落戸《ごろつき》に絡まれた時、

「手前《てめえ》ら、何をしやがるんでえ!」

と立ち向かい、追い払ってくれたのだ。

その時の話は、孫兵衛も聞いていた。

「おかしな連中が多いですからねえ、どうかお気をつけなすって……」

与兵衛はその時、爽やかな笑顔を残して、名も告げず立ち去ったという。

「どうして引き止めて名を訊かなかったんだい。これではお礼のしようもないというものだ」

孫兵衛は供の女中を叱ったが、

「今時、そういう骨のある男もいるんだねえ」

と、感心もしていた。

そのうち姿を見たなら、名と住まいを訊いておくようにと女中には言いつけたが、その時既にお千代は与兵衛に心を奪われていたらしい。

そして、その後また町で出会い、名と住まいを訊ねたのだが、与兵衛はその名を告げたものの、

「どうかあたしのことは、旦那様には内緒にしておいてくださいまし。礼などされると、もうお嬢さんに話しかけたりできなくなっちまいます……」

そのように応えたそうな。

孫兵衛の知るところとなれば、自分のような貧しい小間物の行商などは、相手にされない。

それゆえ、自分のことは何も告げず、こうしてたまに出会ったら、二言三言言葉を交わせるだけで幸せなのだと言うのだ。

お千代はこれに心打たれた。

破落戸から守ってくれた上に、名も告げずに立ち去った時から、恋心を抱いていた男に再び会えた。

するとその男も、自分に好意を持ってくれていて、泣かせることを言う。

お千代の気持ちは、ますます与兵衛に傾いていった。

「そんなら、またそのうちに……」

再会の後、与兵衛はまた、そそくさと立ち去った。

こうなるとお千代の恋心は募る。

――今度はいつ会えるのか。

会ったところで、与兵衛はまた二言三言言葉を交わすと去っていくのであろう。

与兵衛は身分の違いを恥じて、そういう態度をとっている。

それを思うと、お千代の胸の内は張り裂けそうになるのだ。

「その気持ちはよくわかります」

お竜は伏し目がちに言った。

彼女自身、同じような想いにかられたことが過去にあった。

お千代は心根の美しい娘であったはずだ。

与兵衛を気の毒に思うと、それが彼への恋情を募らせるのだ。

「お千代の様子がおかしいと気付いた時には、もう二人の仲は深いものになっていたのです……」

孫兵衛は嘆息した。

与兵衛がいくら遠慮をしていたとて、互いに思い合う二人である。

会う度に交わす言葉も増え、人目を忍んで二人だけのひと時を作るようになっていった。

与兵衛の持つ爽やかさと哀愁は、お千代の供の女中と、稽古先の常磐津の師匠の心をも捉えた。

師匠は亡くした息子が与兵衛に似ているとのことで、いつしか二人の恋路に肩入れするようになった。

これにより、稽古に行った先で、お千代は与兵衛との逢瀬《おうせ》を重ねられたのだ。

初めのうちは小半刻《こはんとき》ばかり話をするだけで別れたが、一度火がつくと恋は燃えさかるものである。

お千代の頭の中は、与兵衛のことでいっぱいになってしまう。日頃の立居振舞《たちいふるまい》も乱れ始めた。

つい娘には甘くなってしまう孫兵衛だが、そこは海千山千の商人である。

そっと手を廻して、お千代の実態を摑んだ。

その時の衝撃は、はかり知れなかったが、まず落ち着いて愛娘が恋に落ちた男の人となりを知ろうとした。

申し分のない男なら、与兵衛を何《いず》れかの大店《おおだな》に預け、しっかりとした商人に育ててから、お千代と一緒にさせてやってもよいと考えたのだ。

ところが、与兵衛という男は、確かに人当りのよい小間物屋で、一見穏やかで俠気《おとこぎ》がある好男子に見えるが、以前はやくざな仲間とつるみ、博奕《ばくち》と喧嘩に明け暮れていた頃があったという。

ちょうどその頃に二親《ふたおや》を次々と亡くしていたので、

「与兵衛も自棄《やけ》になっていたのかもしれませんねえ」

という者もいたが、何度か博奕の借りで揉めていて、酔って酌婦を殴って怪我をさせたこともあったという。

若い頃に少々ぐれるのは、はしかにかかったようなものかもしれない。それが男の生き様に好い肥やしとなる場合もある。

かつての豪商・紀伊國屋文左衛門《きのくにやぶんざえもん》の末裔《まつえい》の一人である孫兵衛である。

隠居の文左衛門同様、きれいごとだけで生きてきたわけではない。頭ごなしに与兵衛の過去を責めるつもりはなかった。

「ですがねえ、お竜さん。わたしは二つのことが許せなかった」

「二つのこと？」

「わかりますね」

「はい。お金でしくじること、女に手をあげること、ですね」

「いかにも左様で、この二つは若気の至りではすまされません……」

借金は商いや人助けで拵《こしら》えたものではない。博奕の付けである。女に手をあげたのも、腹に据えかねることがあったわけではない。ただ酒に酔って酌婦に絡んだのだという。

「これは、そもそも男の性根に潜んでいる悪です。またいつどこで姿を現すか、知れたものではありません」

孫兵衛は、そうと知れたところで厳しく動いた。

お千代に自分の想いを伝え、当面の外出を一切禁じた。

供の女中には暇を出し、常磐津の師匠には、

「お千代を思ってのこととはいえ、この鶴屋孫兵衛を欺《あざむ》くとはとんだ料簡《りようけん》違いだ。

これから先は一切の付合いを断たせてもらいましょう」

と、言い放った。

日頃は温厚な孫兵衛の怒りは、京橋界隈《かいわい》の噂となり、師匠はいたたまれずに遠く離れたところへ越していった。

お千代は、孫兵衛の怒りを受け止めつつも、許せぬ〝二つのこと〟は、以前の与兵衛のことであり、

「今のあの人は違います」

と、彼を庇《かば》ったが、

「お前は何もわかってはいない。後になって泣くのはお前だ。親として、お前のためにこの縁は認めない。わたしの命にかえても……」

孫兵衛は、決意を変えなかった。

隠居の文左衛門の力を借りて、御用聞きを間に立て、

「二度とうちの娘に近付かないでもらいたい」

と、五十両を手切れ金に渡し、町から追い出した。

「鶴屋の旦那様、あたしはお千代さんに本気で惚れておりましたが、お怒りはごもっともなことで……。ようございます。この先、お千代さんには近付きません。

どうぞご勘弁願います」

与兵衛は存外に素直に申し出を受け、お千代の前から去っていった。

その折、与兵衛は金を辞退したが、

「いや、惚れ合っている者同士を別れさせるのだから、これはわたしの気持ちとして受け取ってください」

孫兵衛はそう言って、無理矢理金を受け取らせたのであった。

「そんなことがあったのですか……」

お竜は話を聞いて沈痛な表情を浮かべた。

そこまで聞けばわかる。

お千代は、父親に惚れ合った仲の男と引き離され、気うつを病んだのだ。

その症状は深刻で、孫兵衛は止《や》むなくお千代を箱根の湯本へ湯治にやったのである。

人の噂もそのうちに落ち着くであろう。

お千代も時が経てば、〝鶴屋〟の娘としての分別もつき、孫兵衛の想いもわかるはずだ。

そう思って店の者を付け、古くからの存じ寄りである、箱根湯本の早川屋《はやかわや》平《へい》右衛門《えもん》方へ行かせたのだ。

それが去年の春のこと。

家が恋しくなり、帰りたいと三月《みつき》もすれば言い出すかと思ったが、今年も間もなく暮れようとしているというのに、未だその気配がない。

想い人を失った辛さは、孫兵衛が思った以上のものであったらしい。

「今となっては、わたしがきつく当り過ぎたのではなかったかと悔やまれましてねえ」

またも娘不在の正月を迎えるのかと思うと、孫兵衛の気持ちも沈んでしまうのだ。

「ああ、これはくだらない話を長々としてしまいました」

「とんでもないことでございます。内々の話を、あたしなんぞにお聞かせくださり、嬉しゅうございます」

お竜は頭を下げると、

「あたしにできることがあれば、何なりとお申し付けくださいませ」

静かに言った。

「はい、そうでした。こうしてお呼び立てしたのは、話を聞いてもらった上で、娘に送る正月用の晴着を仕立ててもらいたいと思いましてね」

「正月用の晴着……」

「今から仕立てて湯本へ届けるのは、さぞかし大変でしょうが、急ぎお願いできませんかねえ」

「ありがたくお受けいたします。もしよろしければ、あたしが湯本まで行って、今のお嬢さまに合わせた仕立をして、お渡しいたしましょう」

「なんと……。よろしいのですか？」

「お千代さんに会ってみとうございますし。お嫌でなければ、その方が好い仕立ができますので」

「それは願ってもない。お竜さんに会えば、お千代も少しは気が晴れましょう」

「余計な話はいたしませんので、ご安心くださいまし」

「いや、余計な話をしてやってください。お千代はわたしに怒っているだけで、もう気うつの病は治っているはずです。話し相手が欲しいころだと思います」

「それなら、時には無駄話もいたしましょう」

「そうしてやってください」

「ひとつ申し上げます」

「何でしょう」

「旦那さまがなさったことは、何も間違ってはおりません。あたしにも旦那さまのような立派な父親がいたら、酷《ひど》い男と夫婦になることもなかったと、つくづく思います」

お竜はきっぱりとした口調で言った。

孫兵衛の表情がたちまち和《なご》み、目が潤んだ。

「よろしくお願いします……」

「お任せください……」

二人はしっかりと頷き合った。

お竜は孫兵衛が抱える苦悩を知り、気分が昂揚してきた。

師走《しわす》は冬の底冷えが厳しく、独り暮らす者を切なくさせる。彼女には熱くなれる何かが必要であったのだ。

㈢

お竜は翌日、七つ立ちで湯本へ向かった。

正月の晴着を仕立てるのだ。悠長に構えていられない。

鶴屋孫兵衛は、娘のために晴着を仕立ててもらいたいと頼んだが、心の奥底ではお竜に湯本へ行ってもらいたいと思っていたはずだ。

そこへ気が回るようになった自分に、お竜は満足であった。

味方してくれる者の心を読み、日頃の恩に報いる。

それが出来るのは、何よりの幸せであるとお竜は思っている。

与兵衛に心を奪われたお千代の気持ちはよくわかる。

だが、孫兵衛が愛娘に転ばぬ先の杖を、無理矢理に握らせた気持ちはもっとわかる。

お千代が父・孫兵衛を憎むのは筋違いであろう。

恋しい男との仲を引き裂かれたのだから、怒るのも無理はない。

だが、与兵衛には孫兵衛が許せぬ二つの悪癖があったと知れたのだ。

父親としては見過ごしには出来ないはずだ。

〝鶴屋〟ほどの大店に生まれたのならば、従わねばならない身の宿命はある。

孫兵衛は、端《はな》から与兵衛を追い払わず、場合によっては商人として修業させ、お千代と一緒にさせてもよいとまで考えたのである。

そこまで親の慈愛を受けながら、与兵衛を失った悲しみが勝るものであろうか。父親を憎めるものであろうか。

酒癖が悪く、乱暴者でどうしようもない悪人を父に持ったお竜には、そこがわからないのだ。

お竜も父・由五郎《よしごろう》を憎み、亡母と共にそこから逃げ出した。先頃は、母を早死にさせた由五郎をこの手で殺してやろうと、捜し廻ったことさえあった。

幸い由五郎は、娘のお竜が手を下すまでもなく、下らない喧嘩で怪我をして、その傷が祟《たた》って死んでしまったからよかったが、そうでなければ殺していた。

同じ女に生まれてきても、父親が由五郎である自分と、孫兵衛であるお千代とは事情がまったく違う。

それゆえ考え方によっては、

「苦労知らずのお嬢様が、身のほどをわきまえぬ男に恋をして、それが叶わなかったからといって、いつまでも湯治場で拗《す》ねている。まったくどうしようもないわがまま娘だ」

となる。

しかし、お竜はお千代を責めるつもりはなかった。

まともな父と娘の心のすれ違いを、美しいものとして見てみたい気持ちが勝っていたのである。

「あなたは甘ったれている」

などと言って詰《なじ》る気など、毛筋ほどもない。

どん底の不幸せを経験してきたお竜には、不幸せの中に匂い立つ、乙女の純情が珍しいのだ。

湯本へは、新年の晴着を送ると便りをしていたが、仕立屋が出向いて拵えるとは伝えていなかった。

お千代は戸惑うであろうが、仕立屋を送ったことを嫌がりはしまい。

孫兵衛の文《ふみ》を持参する女中を一人、お竜に付けることになった。

湯治場には、おろくという古参の女中が付いているのだが、何かことあれば、〝鶴屋〟の奉公人達が入れ代わり立ち代わり、孫兵衛の文と共に、身の周りの物を運んできた。

江戸から遠く離れたところにいても、〝鶴屋〟の者がひっきりなしに来ていると、お千代も寂しくないだろう。

そのうちに気うつが晴れたら、江戸にも帰ってきやすいはずだ。

さらに、お千代に会いに行く奉公人達も、数日は湯本の湯で体を休められるというものだ。

彼らにとっても励みになればよいと、孫兵衛は考えている。

この度のお竜のお供は、おはつという十七歳の女中であった。

〝鶴屋〟に奉公してからは、歳の近いお千代にはかわいがられてきたので、湯本行きを告げられた時は、とび上がらんばかりに喜んだものだ。

店に出入りしているお竜とは、もちろん顔馴染《かおなじみ》で、日頃から明るくてよく喋るが、人の顔色を読んで静かにすべき時は、黙っているのが身上である。

近頃は、〝鶴屋〟の用心棒兼手習い師匠であり、〝地獄への案内人〟の相棒である井出勝之助《いでかつのすけ》が多弁であることから、お竜の口数も増えた。

とはいえ、顔馴染であってもそれほど言葉を交わしたことのない相手と、すぐに打ち解けるだけの人付合いは出来ぬお竜であった。

仕立屋の裏の顔が、悪人を闇に葬る殺し屋である身としては、そうあるべきなのだ。

元締の文左衛門は、〝鶴屋〟の陰の主人であるゆえ、店の者達には心を許せても、殺伐とした場に巻き込みたくはない。

そういう意味では、孫兵衛がおはつを供に付けたのは、当を得た人選であるといえる。

まだ十分に夜が明けていない時分に、お竜は〝鶴屋〟の表へ出向き、おはつと合流し旅発《たびだ》った。

「おはつさんと勝手に発ちますので、どうぞお気遣いはご無用に願います」

と、言っていたのにもかかわらず、孫兵衛がおはつに付き添い、お竜を見送った。

「どうも朝が辛い。早くもやきが回ってきたかなあ……」

などと、日頃から言っている井出勝之助も孫兵衛の傍らに立っていた。

明けきらぬ朝ゆえ用心棒として孫兵衛の警護をせんと出てきた――。

そういうわけでもなかろう。

「お竜殿、ご苦労でござるな。拙者も付いて行きたいところだが、まずご用心召されよ」

勝之助の言葉には、明らかにやっかみが含まれていた。

〝鶴屋〟に身を置いているものの、これまで湯本には行ったことがなかった勝之助である。

せめて旅発つお竜をからかってやろうという肚《はら》が見える。

「井出先生、お見送り、忝《かたじけの》うございます。早く仕立物をすませて、湯本の湯にじっくり浸《つか》らせていただきますよ……」

お竜はにこやかに言い返して、

「旦那さま、行って参ります」

少し仏頂面の勝之助を尻目に、軽快な足取りで歩き出した。

おはつは、お竜の歩みの速さに、いささか面くらった様子であったが、彼女は〝鶴屋〟の奉公人の中で、誰よりも敏捷《びんしょう》といわれている。

負けじとお竜について歩き出した。

一泊目は東海道戸塚の宿。

二泊目は小田原の宿。

そうして三日目の朝から、小田原を出て湯本に入ったのである。

(四)

「早々のご到着、嬉しゅうございます」

湯本の宿、〝早川屋〟の主・平右衛門は、お竜が訪ねると大喜びで、まず自室へ招き入れ、労《ねぎら》を労った。

いきなり訪ねた形となったのに、まったく動じる様子もなかった。

「お竜さんのことは、鶴屋さんから何度も文で伺っておりましてね。初めて会った気がいたしません」

という。

――〝鶴屋〟の旦那さまもお人が悪い。

〝早川屋〟へは、お千代の正月用の晴着を、そのうちに送ると伝えてあるとは言っていたが、仕立屋についても、既に知らせてあるとは聞いていなかった。

「何度も文で？　それはお恥ずかしゅうございます」

お竜は恐縮するしかなかった。

「お竜という、腕の好い仕立屋さんに拵えてもらうので、まず見てやってくださいと、文にありましたよ。孫兵衛さんのことですから、もしや、そのお竜さんをここへ送り込まれるのではないかと思っておりましたが、これはわたしの読みが当りました」

平右衛門は悪戯《いたずら》っぽく笑った。

孫兵衛は、以前からお竜をここへ送り込むつもりでいて、その時機を平右衛門と計っていたのではなかったか。

お竜はそのように見てとった。

「晴着を送るという鶴屋の旦那さまからの知らせを聞いて、お千代さんは何と申されているのですか？」

お竜はそれについては聞かされていなかったので、まず問うてみた。

平右衛門は首を竦《すく》めて、

「晴着など送ってもらっても、それを着て行くところもないので、お気遣いはご無用にと返事を認《したた》められましたよ」

囁《ささや》くように応えた。

「その文は……」

「さて、今頃江戸に着いたかもしれませんねえ」

「では、わたしはその文と行き違いに？」

「孫兵衛さんは、それが狙いだったのでしょう」

要らないと言われると面倒なので、絶妙の間合でお竜を送り込んだのだと平右衛門は見ていた。

「なるほど……」

孫兵衛は先手を打ったのだ。

失恋の痛手から立ち直れないお千代は、父の好意とはわかっていても、それを素直に受け容れられないのであろう。

気うつも治れば、すぐに〝鶴屋〟に戻ってもらいたいと孫兵衛は思っているのだが、二年近くの間、帰ろうとしないのは、そういう意地を張らねばいられないお千代のささやかな父への抵抗なのに違いない。

だが孫兵衛としては、遠く離れた江戸から何かを送ることで、父娘の間に出来た溝を埋めないといけない。

晴着を送ると便りをすれば、恐らくお千代は要らないと返事をするであろう。

その便りが着く前に、お竜を湯本に行かせたのだ。

孫兵衛と平右衛門は、こういうところの呼吸《いき》が合っている。

「わたしもこの宿では五代目になりますが、文左衛門のご隠居さまとは、もう随分と古くからお付合いをさせていただいております。となれば、孫兵衛さんが見込まれたお竜さんは、わたしにとっては身内同然、何なりとお申し付けくださ
い」

平右衛門の話を聞いていると、隠居の先祖、紀伊國屋文左衛門の時代からの付合いがあるらしい。

孫兵衛は全幅の信頼を寄せているのだ。

元締の文左衛門には、江戸を発つ前に旅の次第を報《しら》せていた。

「そうですか。いよいよ孫兵衛さんも、娘のことを頼んできましたか」

文左衛門はニヤリと笑うと、

「なかなか楽はさせてくれないかもしれませんが、お竜さんもゆったりと湯に浸って、日頃の疲れを落してください」

そう言って餞別《せんべつ》の金子《きんす》まで包んでくれた。

お千代の騒動の折は、文左衛門も孫兵衛のためにあれこれ動いたと思われる。

この隠居のことであるから、お千代を随分とかわいがったはずだ。

だが、今まで一切お竜にその話をしなかったのは、出来る限りそっとしておこうと考えたからであろう。

思えば井出勝之助もお千代のことを知っていたのではなかったか。

〝鶴屋〟の奉公人や、出入りの者からも、何も噂が聞こえてこなかったのは、孫兵衛に対する気遣いが徹底しているからだろう。

そういう店の態勢を築きあげたのは、文左衛門とその一族の凄みである。

「どうぞよろしくお願いいたします。宿の旦那さまが頼りになるお方で、助かります」

お竜はまず一息つくと、

「お千代さんには、すぐにお会いした方がよろしゅうございますか？」

平右衛門に訊ねた。

何よりもこういう話が出来る主人であるのが、お竜にとってありがたかった。

「そうですねえ。晴着など要らぬと江戸へ文を送ったところ、行き違いとなって仕立屋さんがやってきた……。わたしがまず、お千代さんに話しておきましょう。お会いになるのはそれからの方がよいでしょう」

平右衛門は胸を叩いてくれた。

「お千代さんのご様子は……？」

「ここへ来たばかりの頃は、誰とも口を利かず、部屋でふさぎ込んでいましたが、近頃はわたしにも話をしてくれるようになりました。といっても、外の景色や、草花や小鳥について、他愛もない話をするくらいですがねえ……」

「左様ですか。江戸に戻ろうという気はないのでしょうか」

「自らは何も言いませんね。心の内では、そろそろ帰っても好いかと、思い始めているような気がしますが」

「それは何よりでございました。ひどくふさぎ込んで、まったく心を閉ざしてしまっていたら、どうしようかと思っておりました」

「孫兵衛さんは好い人ですからね。お千代さんも、いつまでもこのままではいけない。どこかでふん切りをつけて、父親と向き合うべきだ……。そう思ってはいるはずです。でもねえ、会えば恨みごとのひとつも出て、気持ちを抑えられなくなるかもしれない。それが恐いのではないでしょうかねえ」

「なるほど、ふん切りがつきませんか」

「とにかく、〝取りつく島もない〟ということもないでしょう。まずは荷を解《ほど》いて、ひと休みしてください」

平右衛門は、お竜を労うと、宿の女中を呼んで、部屋の隅で話を聞いていたおはつと共に、客間へ通してくれたのであった。

(五)

それから半刻ばかり後。

お竜は、おはつに付き添われて、お千代と会った。

思いの外、お千代の顔色はよく、

「平右衛門さんからお話は伺いました。道中ご苦労さまでございました」

お竜にかける言葉にも力があり、立居振舞もしっかりとしていた。

「お父《と》っさんには、晴着など要らないと伝えておいたのに……。ここは湯治場なんですよ。お風呂に晴着を着ていく人はいませんから……」

眉をひそめる様子は、憂えをおびた顔が美しく、孫兵衛にとっては自慢の娘なのであろうと、つくづく思われた。

「文と行き違いになったようですが、あたしも、仕事を果さずに帰るわけには参りませんので、どうぞ寸法をとらせてください」

お竜は、にこやかな表情に強い意志を浮かべて言った。

お千代は、強引に仕立屋を送り込んできた孫兵衛に、いささか反発を覚えたように見えたが、お竜の持つ大人の女の凄みに気圧《けお》されて、

「そうですね。お竜さんもお仕事にならなければ、遠くまできた甲斐がありませんものね……」

俯《うつむ》き加減に言った。

女の仕立屋が、女中一人を供にやってきたというので、しっかりとした者であろうとは思っていたが、美しく凛《りん》とした姿に、一目置いたのだ。

「寸法さえとらせていただきましたら、あたしはこの宿の一間に籠って、せっせと着物を仕立てて、こちらに置いて江戸に戻りますので、仕立屋が傍《そば》近くにいることなど、忘れてくださいまし」

お竜はたたみかけると、おはつに目配せして、持参した薄紅色の着物の布地を見せた。

「これでございます」

宿で付き添う、〝鶴屋〟の女中のおろくは、艶《あで》やかな扇面《せんめん》を散らした布地に見入って、

「お嬢さま、せっかくでございますから、仕立てていただいて、是非、お袖を通されますように……」

と口添えをした。

「おろくさんですね。これに合う帯は、いくつかこちらに持ってきておいでだと、伺っております」

お竜は続けた。

「はい、後で出して合わせてみましょう」

おろくは、人のよさそうな顔に笑みを浮かべた。

彼女は〝鶴屋〟で女中奉公をしていて、そこから仕立職人の許へ嫁いだが、四十で後家となり店に戻った。

そもそもが、湯本の百姓の娘であったから、お千代に付いて〝早川屋〟へ入り、ずっとここで暮らしている。

おろくもおはつと似ていて、陽気でよく喋るが、人の顔色を読んで、ことという時は無駄口は決して叩かないのが身上だ。

それゆえお千代も、おろくには何の遠慮もなしに、思うように暮らせていると聞いている。

「ろくさん、合わしてみたって、いつ着ることになるかわかりませんよ」

お千代は素っ気なく言った。

「よろしいじゃあございませんか、お正月にお召しになったら」

「お正月といったって、どこへ行くわけでもありませんし、こんな贅沢《ぜいたく》な着物を着なくても、他にも着物はありますよ」

お千代はにべもない。

「左様でございますか。でも、晴着は何枚あっても邪魔にはなりませんから、お竜さん、よろしくお願いします」

おろくは穏やかにその場を収めたが、

「晴着を着れば、わたしの心も晴れると、お父っさんは思っているのでしょうかねえ」

お千代は顔に険を浮かべた。

お竜が、何らかの意図を汲んで、孫兵衛に送り込まれてきたのではないかと、お千代は警戒しているように思える。

まだまだ自分の心は晴れていない。

何かを聞き出そうとか、

「そろそろ江戸へお戻りになったらどうなのです?」

などと助言めいたことは一切受けつけないと、お竜に、ひとつ釘を刺しておこうと、攻勢に出たのかもしれない。

お竜は、それを娘のかわいさと捉えて、

「お気に召されるように仕立てねばなりませんねえ」

余裕の笑顔を見せると、

「今日は、江戸との行き違いで、いきなり会ったこともない仕立屋が現れて、さぞご気分もすぐれないこととお察し申します。あたしも湯本へ着いたばかりのことで勝手がわかりませんので、寸法は明日また改めて、とりに伺います。ひとつよろしくお願い申します」

すぐにお千代の部屋から立ち去ったのであった。

その夜は、平右衛門の歓待を受けた。

お千代の部屋へ出向いている間に、お竜とおはつの荷物は、それぞれの客間に運ばれていた。

お竜は二階の端のやや広い部屋であった。

そこが仕事場を兼ねるためで、おはつにはその隣室の四畳間が与えられた。

おはつは、以前から〝鶴屋〟で見かけるお竜に、ちょっとした憧れを抱いていたらしく、湯本に着くまでの二泊した旅籠《はたご》では、

「お嬢さまに久しぶりにお目にかかるのも、湯本の湯に浸るのも楽しみですが、こうしてお竜さんと長く一緒にいさせてもらえるのが、嬉しくてなりません」

と、随分懐《なつ》かれたものだ。

平右衛門は孫兵衛から、

「おはつは調子に乗るところがありますが、よく働くので上手に使ってやってください」

と、告げられていたので、お竜歓迎の宴《うたげ》にも呼んでやった。

おはつはこれを素直に喜び、

「お嬢さまは、思っていたよりもしっかりとなさっていました。きっとお竜さんを頼りにされるのではありませんかねえ」

などと、平右衛門の想いを言い当てていたが、

「頼りにしてくだされば、あれこれ話すうちに、江戸が恋しくなるかもしれませんが、まだ鶴屋の旦那さまには、わだかまりがあるように見えました」

お竜がしかつめらしい表情で応えると、

「お嬢さまにも意地があるのでしょうか……」

と、首を竦めた。

平右衛門は腕組みをして、

「この二年近くの間、お千代さんをそっと眺めてきましたが、気が落ち着くところなど、どこにもないという様子だったのが、近頃では江戸を懐しむような素振

りが時折窺えます……」

と想いを馳せる。

そうなるとおはつは、余計な口を挟まずちらりとお竜の顔を窺い見る。

実にそのほどがよい。

この先、何か企みごとをする時は、十分に役立つであろうと、お竜は内心ほくそ笑んでいたが、

「ああいう、一途な娘さんの心はなかなか読めませんねえ。少々折れて曲がっている人の方が、思いの外わかり易いものですが……」

純情な娘の想いがどこへ向かうかは計り知れない。

「何か、お千代さんの胸の内にとび込める、好いきっかけがあれば好いんですがねえ」

「きっかけねえ」

「ここへ来てから、お千代さんの身の周りに起こったことはありませんか？」

「お千代さんの身の周りに起こったこと……。わかりました。洗い出してみましょう」

こうして湯本の一日目は過ぎていった。

冬のことで、宿の周囲にはところどころに雪が積もっていて、聞こえくる川のせせらぎも凍りついているかのようだ。

〝一夜湯治〟が叶う湯本には、遊客が多く訪れるが、〝早川屋〟は賑いから少し離れた湯治場で、日が暮れ始めるとしいんとした静寂に包まれる。

湯に浸り、大地の恵みを五体に覚え、人間の小ささを悟り、夜は早々と寝て、日の出と共に起きる。

確かに心と体は休まるかもしれない。

だが、お千代の心の奥底にある恋の痛手は、それで治るのであろうか。

彼女の気うつは、もうとっくに治まっているはずだ。

お千代はそれでも、今帰ったとて、江戸の風が体内に燻《くすぶ》る失恋の火種を、再燃させるのではないかと恐れているのであろう。

二年近くの間、閑静な地でひっそりと暮らした効果が、跡形もなく消えてしまってはいたたまれない。

ちょっとしたきっかけがあれば、そんな自分を笑いとばし、一歩を踏み出せるかもしれない。

一旦臆病になってしまうと、人はあれこれと勝手に理由をつけて、その場から動けなくなってしまうものだ。

おはつが湯に誘ったが、

「二人共、湯に浸ってしまうと、いざという時に動けませんからね」

と、先に行かせ、おはつと入れ替わりに一人湯煙の中に身を置き、お竜はそのきっかけを考え続けた。

㈥

翌朝。お竜は仕立の寸法をとりに、お千代を訪ねた。

「おはようございます。よろしゅうございますか」

お竜は挨拶をすると、有無を言わさぬ調子でお千代の部屋へ入った。

娘の部屋らしい調度が調《しつら》えられているが、仮住まいの侘《わび》しさは、そこかしこに漂っていた。

お千代は、少しくらい抗《あらが》いたかったようだが、やはりお竜に気圧されて、

「どうぞ……」

と、身を任せた。

お竜はにこりと笑って、黙々と仕事を進めた。

きっと、父・孫兵衛から何か言い含められて湯本まで来たのに違いない。

お千代はそう思っていて、お竜に心を開くつもりはなかった。

しかし、お竜が父にどんな話を聞いて来たかが気になっていた。

そのうち、寸法をとりながら根掘り葉掘り、何ごとか訊いてきて、探りを入れるであろうと、言われるがままにしてきたが、お竜は無駄口を叩かない。

「わたしも、年が明ければ十九になりますからね。振袖なんて恥ずかしくて着られませんよ」

お千代は、晴着など要らなかったのだと、お竜に揺さぶりをかけた。

「お袖の具合はちょうど好いようにしておきます。あたしは、着物が似合う似合わないは、歳ではなく着る方が持つ、風情《ふぜい》だと思っております。お千代さんにお似合いのものを仕立てるのが、こちらの務めでございますよ」

お竜は笑みを絶やさず、さらりと応えた。

一時は、表情から一切の笑みが消えてしまったこともあったお竜だが、いつでもにこやかに人に相対する余裕が出来ていた。

それでも、悲惨な過去を背負う身には、人を笑わせるほどのおかしみが備わっていない。

お千代は、続ける言葉を探したが、

「年が明ければ十九になりますからね」

と言ってはみても、当意即妙の応えは浮かんでこない。

ついむきになって、

「言っておきますが、わたしはお父っさんを恨んではおりません。困らせようと思って、江戸へ帰ろうとしないわけではないのです」

と、お竜に言った。

お竜は、寸法をとる手を止めて、

「お千代さんは、鶴屋の旦那さまを恨んでおいでなのですか？」

ぽかんとした表情で問い返した。

「いえ、ですから……」

余計なことを口にしてしまったと、お千代は悔やんで、また言葉を探したが、

「わたしは、この身の不幸せを恨んでいるのです」

ぽつりと言った。

「この身の不幸せを恨んでいる……」

「お竜さんにしてみれば、お前のどこが不幸せなんだと、腹立たしいかもしれませんが」

「腹立たしいなど、とんでもないことです。あたしもこの身の不幸せを恨んだこともありましたが、人の幸不幸は己《おの》れの思い方次第なのだと近頃では思うようになりました」

「思い方次第？」

「これは口はばったいことを申しました。端目《はため》には恵まれているように見える人にも、悩みはあるものです。ですから、お千代さんが不幸せだと思っておいでなら、お気の毒に思いこそすれ、腹立たしいなどという想いは、ゆめゆめございません」

そう言われると、お千代には返す言葉がなかった。

「そうですか……」

呟くように言うと、しばし寸法をとるお竜に従い黙りこくった。

「さて、終りました。ありがとうございます」

やがてお竜は仕事を終え、何も問わずに辞去したが、その際お千代は、

「お竜さんは不幸せだったことがあったのですか？」

と、呼び止めた。

「そう言われるとお恥ずかしゅうございますが、どう考えてもそう思われた時はございました」

「今は違うのですか？　幸せなのですか？」

「幸せ……、というものを、日々見つけようと暮らしております」

「見つかりましたか？」

「いえ。でも幸せがどのようなものか、おぼろげにわかってくる……。それを楽しみに思うようになりました」

「どうしたら、幸せになれるのでしょうね」

「さて、あたしなんぞにそんな難しいことはわかりませんが、まず笑う……、そうすれば光が見えてくるのではないでしょうかねえ」

我ながら、

──わかったようなことを言っている。

と、心の内で苦笑いをしながら、お竜はそそくさと、お千代の部屋を出た。

お千代は、まだ何か言いたそうであった。

思いの外、話が出来たし、やはりお千代は父・孫兵衛の許へ戻ろうかどうかで揺れているように見受けられた。

お千代が暮らす客間は、離れ家《や》になっていて、山へと続く庭で母屋と繋がっている。

ひとまず平右衛門に会っておこうと、お竜は庭伝いに母屋へ向かうと、遠目にお千代の姿が見えた。

おろくとおはつが付き添って、外の風に当りに出たらしい。

すると、さらに遠くに男の人影が見えた。

歳の頃は二十七、八であろうか。そっと目を凝らすと、他の湯治客のようで、お千代に親しげな目を向けていた。

恐らく長逗留の間に出来た知り人ではなかろうか。

お竜は興をそそられて、そっと後戻りして、男の様子を窺った。

男は涼やかな若者といった様子で、手には料紙と筆を持っている。

文人墨客《ぼっかく》の類であろうが、よく見ると涼やかな顔はやや長く、ぶ厚い口は締まりがない。

「ふふふ、お千代さん。ふふ、ご機嫌いかがですかな。ふ……」

少しずつ〝ふふふ笑い〟の数が減っていくのが、どうも気持ちが悪い。

しかし、身形《みなり》も立派で自分に自信があるようで、

「ふふふ、今日はまた、ふふ、一段とお美しい。ふ……」

〝ふふふ〟を止めず、堂々たる面持ちで話しかける。

お千代はというと、顔に精一杯の笑みを浮かべ、

「何やら首筋が寒くなって参りました」

震える声で言った。

「それはいけませんねえ。今日は朝から暖かな日が射しておりましたが、どうなされたのでしょうねえ……」

さすがに〝ふふふ〟は発しなかったが、

――どうなされたのでしょう？　お前に声をかけられて寒くなったのさ。

お竜は心の内で呟いていた。

「お嬢さま、中へ入りましょう」

「ごめんください……」

おろくとおはつに促され、お千代は離れ家へと入った。

「お大事に……。ふふふ……」

見送る男は、泰然自若としている。

「ああ、寒くなってきた……」

お竜は首をすくめると、母屋へと向かったのである。

(七)

「ああ、それは憐之助《れんのすけ》さんですね」

平右衛門は、お竜に庭で見かけたという男を問われ、苦笑いを浮かべた。

「憐之助さん……？ 絵師ですか？」

お竜が問うた。

「まあ、絵師なのでしょうねえ」

表向きには江戸からやって来た絵師であるらしい。

野島《のじま》憐之助と、一端《いっぱし》の絵師のように名乗っているが、そもそもは富裕な薬種問屋《やくしゅどいや》の次男である。

長男に家業を継がせた父親は、若い頃からの書画道楽で、己が夢を次男に託したのだと思われる。

とはいえ、金持ちの道楽で大成する者は少ない。

どうしても恰好ばかりに捉われてしまう。

父親も、息子が立派な絵師の体裁だけでも整えてくれないと、世間への面目も立たないのであろう。あれこれと金を使って、方々からお呼びがあるように見せかける。

結局、憐之助は地道な修業もろくにせぬままに、一端の絵師を気取ることになるのだ。

湯本に逗留しているのは、ここを拠点に箱根の湯を絵にまとめるためであるそうだ。

「江戸でくすぶっているより、旅に出ている方が、親としても〝絵を描きに方々へ出向いております〟などと息子自慢もできるのでしょうねえ」

親というものは、孫兵衛もそうだが、子供のことになるとあれこれ大変だと、平右衛門は溜息をついた。

それでも、憐之助は多少の絵心もあるし、裕福な商人の息子だけにおっとりとしていて、心やさしい男だと平右衛門は見ていた。

ゆえに、お千代の話し相手くらいにはなってくれるかもしれないと思っていたのだが、

「お竜さんのおめがねには適いませんでしたかな？」

平右衛門は心配そうにお竜を見た。

「あたしの好みではありません。でも、お千代さんのお気持ちはわかりません」

「左様で……」

「旦那さまは、憐之助さんに何か申されたのですか？」

「まあ、その……。お千代さんは気うつを患っておいでなので、〝庭で見かけた時は、声をかけてあげてください〟などと……」

「左様ですか。それで憐之助さんも、気にかけているのでしょうか」

お竜が見たところでは、憐之助のお千代への執心はなかなかのものである。

だが憐之助は、富商の息子で、何不自由なく育ってきたので、これまではそれなりにちやほやされてきたのであろう。

自分が好意を寄せれば、相手も応えてくれるものだと思っているように見える。

憐之助のお千代に対する接し方を見るに、彼は勝手に手応えを感じているような気がすると、お竜は平右衛門に告げた。

「そうでしたか……。これは、軽く物ごとを考えていたわたしがいけませんでした……」

平右衛門は、しかつめらしい顔となり、深く頷いた。

日頃は柔和な宿の主であるが、こういう時の表情は、元締の文左衛門に似た鋭い謹厳なものになる。

お千代は孫兵衛からの大事な預かりものである。少しでも傷がつくようなことになっては、彼の男が立たない。

場合によっては手荒な真似も辞さないという決意が表情に浮かんでいる。

「ふふふ、旦那さま。これはあくまでも、あたしがそのように見たというだけでございますから、お気になさるほどのことではございません。思い違いをしているくらいは大目に見てさしあげませんと……」

相手も自分に気があると思っているのだから、人を雇ってお千代を攫《さら》うつもりもあるまいし、またそれほどの度胸もあるまい。

お竜は言外にそんな想いを込め、宥《なだ》めるように言った。

平右衛門にはすぐにお竜の想いは伝わった。

「まず、おろくさんに様子を訊いてみましょうか」

「はい。それでお千代さんが困っているようなら、ちょいと考えてさし上げたらようございましょう。お千代さんの心を開く、好いきっかけになるかもしれません」

「なるほど、きっかけにね」

平右衛門の表情が、たちまち和《やわ》らいだ。

さっそくおろくをそっと呼び出して訊いてみると、

「あの絵の先生は、悪いお人ではありませんが、わたしは、あの〝ふふふ〟という笑い方がどうも好きになれません。お嬢さまは、いつもにこやかにやり過ごしておいでですが……」

「そうですか……」

「先生がここに来られてもう半年になろうとしています。初めのうちは遠慮気味に声をかけておいででしたが、近頃では随分と馴れ馴れしい口を利かれることが多くなって参りまして、わたしも気になっておりました」

「それで、お千代さんには絵の先生をどう思っておいでなのか訊いたのですか？」

「いえ、余計なことをお話しして、お気を煩《わずら》わせてはいけないと思いましたので」

「なるほど。それはようございます。よくよく考えてみれば、思いの外に、好いたらしいお人だと思っておいでかもしれませんからねえ」

お竜はニヤリと笑った。

平右衛門とおろくは、ぽかんとした顔でお竜を見た。

確かに端目からは相手にしていないように見えても、意外や心惹かれていることもある。

「ふふふ……」

という笑いも、周りからは気味悪く思われても、そろそろ寂しさが募ってきたお千代には、ほどよい愛敬《あいきょう》と受け止められるかもしれない。

その辺りの男女の機微は、本人同士でないとわからないものだ。

それゆえ、おろくが余計なことは訊くまいとしたのは、好い分別であったといえるかもしれないが、

「まさか、お嬢さまがあの絵の先生に……」

おろくは、そう思えないと小首を傾《かし》げた。

そういうお竜も、野島憐之助を男としてまったく認めていないではないか。

「ひとまず、お竜さんにそれとなく、お千代さんの気持ちを訊ねてもらいましょう。迷惑だと思っておいでなら、何か手を打たねばなりませんからねえ」

平右衛門はそう言って、この一件についてはお竜に任せた。

お竜は、それからお千代を訪ね、

「畏《おそ》れ入ります。もう一度、寸法をとらせていただけませんか……」

と頼んだ。

「どうぞ……」

お千代は素っ気なく、お竜の言葉に従ったが、どこかほっとした表情であった。

寸法をとり終り、後は仕事部屋に閉じ籠り、仕立て上がったところで、出来を確かめにくる――。

それだけの付合いでは、少し物足らないと、お千代は思い始めていたのだ。

先日、お竜に父・孫兵衛を恨んでいるわけではないのだと、少し込み入った話をしたことが気にかかっていた。

お竜が父・孫兵衛から、何かを言い含められて湯本までやって来たと思うと、自分も何かを言いたくなってしまったのだが、これをさらりとかわされてしまった。

――どうして仕立屋に、そんな話をしたのか。

己が不甲斐なさを悔やむ反面、

――お竜という人には、どういうわけか話を聞いてもらいたくなる。

という不思議を、もう一度話して確かめてみたかったのだ。

だが、お竜は相変わらず佇《たたずま》いに隙《すき》がない。何をきっかけに言葉を重ねれば好いか見当がつかないのだ。

お竜にしてみれば、そういうお千代の心の動きを読み取るのは、さして難しくはない。

ちらりとお千代の顔色を窺えば、口許が落ち着かない様子が見てとれる。

頃やよしと、

「こちらに、野島憐之助という絵の先生がご逗留されているようですね」

何気ないふうに口にしてみた。

お千代の表情に赤みがさした。

「お竜さん、あのお方に会ったのですか？」

「いえ、お見かけしたのです。何やらお千代さんに親しげに声をかけておいででした」

「そうでしたか……」

お千代はやや思い入れあって、

「お竜さんは、あのお方のことをどのようにご覧になりました?」

と、問いかけた。

「どのように……、と申されますと、そうですねえ……」

お竜は少しもったいをつける。お千代は、燐之助をどう思っているかは知らぬが、やはり気にはなっているようだ。

「その前に、お千代さんがどう思っておいでなのか、お聞きしとうございますねえ」

「わたしが燐之助さんを、どう思っているか?」

「はい。ありのままの気持ちを、お聞きしとうございます」

お竜が身を乗り出して問うと、

「それでは、ありのままに……」

お千代は、小娘がはしゃぐような口調で話し始めた。初めて見せる表情であった。

半刻後。お千代の閉ざされた心の扉が、中を覗き見られるほどに開いた手応えを、お竜は覚えたのである。

(八)

その次の日の夜のこと。

暗がりの中、〝早川屋〟の離れ家の一室へいそいそと忍び行く、一人の男の姿があった。

野島憐之助である。

その夜は強い寒風が、湯本の湯治場に吹き抜けていたが、彼の心と体はそれにさらされても尚、燃えさかっていた。

この日の夕方。

憐之助が湯に浸っていると、女湯との境の板塀の向こうから、女二人の話す声が聞こえてきた。

「もしやそうかもしれないと思っていましたが、お嬢さまがあのお方に想いを寄せられていたとはねえ……」

「ここへ来られてからは、ふさぎ込んでおいででしたが、それも日が経つにつれて、お心も安らかになられて、今度は人恋しい想いにかられたのでしょうね」

「そんな折に、あのお方が、おやさしい声をかけてこられた……」

「お嬢さまのお心は和んで、次第に好いたらしいお方だと、お思いになったということです」

話す二人の声には覚えがあった。

宿の離れ家の一間に逗留している、お千代という娘に付いている年増の女中と、近頃新たに宿へやって来た若い娘らしい。

「確か……、おろく、おはつだったかと……」

憐之助は、顔半分を湯に潜らせ、ぶくぶくと音を立てつつ、独り言《ご》ちたが、たちまち体がかっかと火照《ほて》ってきた。

二人の話を聞くと、お千代は自分を想い慕っているのではなかろうか。

お千代をこの宿で一目見た時から、

——何という美しい娘であろう。

と、恋の炎を燃えあがらせた憐之助であった。

金のある風流人で、親の跡を継がぬでもよい気儘《きまま》な身。

今までも女に困らなかったが、お千代は江戸の老舗の呉服店の娘らしい。

それなら自分とは釣り合いもとれている。

色々あって心と体を病んで、ここへ長く湯治に来ているようだが、自分ならば、ちょっとした過去のしくじりも鷹揚《おうよう》に受け止めてやれる——。

そんな想いが膨み始めると、宿の主からは、

「庭で見かけた時は、声をかけてあげてください……」

そんなことを言われた。

今から思うと、その時既に自分に気があったのかもしれない。

さらに板塀の向こうに耳を澄ますと、

「何といっても、あのお方は美しい絵をお描きになりますからね。お嬢さまも心癒《いや》されるのでしょうね」

「あとは、どのようにしてお二人が結ばれるかですね」

——やはりおれのことだ。あの娘はおれに惚れている。

憐之助の胸は張り裂けそうになった。

——まあ、当り前のことではある。何度もやさしい言葉をかけてやったのだ。

そりゃあ惚れるだろう。

今や憐之助は、こんな自信に溢れていた。

「お嬢さまから、お気持ちを伝える、などというわけには参りませんね」

「こういうことはやはり殿ごの方から、動いてくださいませんとねえ」

「はっきりとは仰《おっしゃ》ってはおりませんが、いっそ思い切って、部屋にでも忍んでくださったら、ふん切りもつくのにと、お嬢さまも思っておいでの様子ですよ」

「え……？　そんなことになれば、わたし達はどうすればよいのでしょう」

「それはもう、見て見ぬふりを……」

「なるほど。でも、あのお方がそこまで思い切ったことをなさるでしょうか」

「さあ、そこです。おやさしいお方というのは、こういう時、何やら歯がゆいところがありますからねえ……」

こうなれば、行かずばなるまい。行かねば男がすたる。

憐之助は決心を固めた。

――今宵、お千代の許へ忍んで行こう。

そして今、憐之助は自分を待ち望んでいるお千代の許に忍んでいるのだ。

――ふッ、歯がゆいところがあるだと？　おれを侮《あなど》るなよ。

旅へ出てから、憐之助は何度となく女に夜這いをかけていた。

江戸の名うての絵師だと嘯《うそぶ》き、金をちらつかせさえすれば、自分になびかぬ女はいなかった。

だが、ここへ来て金や名声では落せぬであろう娘を見つけた。

この女をものにしてこそ、自分の男振りも上がるというものだ。

時にはじっくりと女を落すのも乙《おつ》なものだ。

そう考えて、さりげなく声をかけ、恋を育《はぐく》まんとしてきたが、

——思いの外、ちょろいもんだ。

さて、わりない仲になった後はどうしよう。

お千代なら江戸へ連れ帰って、己が妻にしてやってもよかろう。

憐之助の想いは、呆れるほどに一人歩きをしていたが、今宵彼にとり憑《つ》いた興奮は、何も前を見えなくしていた。

おっとりとしていて、やさしい男である。

一見そう思われても、実はなかなかに女にはだらしのない、鼻持ちならぬ男であるといえる。

——だが、そういうところがまた好いという女もいるのさ。

お目当ての離れ家の一室は、表に繋がる出入口の板戸から入れる。

厳重に戸閉まりをしていればどうして中へ忍び入ろうかと気になったが、

——いざという時は、こじ開けてでも。

やる気が不安を凌駕《りょうが》していた。

暗がりの中、そっと板戸に手をかけると、戸はすぐに開いた。

——もしかすると、おれがいつ忍んできても好いように、前から開けてあったのではなかったか。

すっかりと美男で名高い梶原源太《かじわらげんた》を気取った憐之助は、自惚《うぬぼ》れて本性を顕《あら》わにしていた。

板戸を潜ると廊下があり、目指すお千代の部屋の障子戸がそこにあった。

「お千代さん……」

憐之助は声を潜めて、そっと障子戸を開けて部屋に入った。

暗がりの部屋の中に、夜具に身を包んだ女の姿が、おぼろげに見える。

「野島憐之助が参りましたよ。ふふふ、あなたに会いたくて、無躾《ぶしつけ》ながら恋の風に体を押されて、忍んできました。ふふ、どうかこの気持ち、わかってください。ふ……」

精一杯に恰好をつけて小声で口説くと、女の影がかすかに揺れた。

「恥ずかしがらずともよいではありませんか。今宵は互いに思いの丈をさらし合い、垣根を取り払おうではありませんか。これ……」

お千代が恥ずかしがり、喜びを嚙み締めて体を震わせている——。

「これ、お千代さん……」

辛抱出来ずに燐之助は夜具に手をかけた。

その刹那《せつな》、

「無礼者！」

という武家女の声が、辺りに轟《とどろ》いたかと思うと、燐之助の体はどういうわけか宙を舞い、雨戸をつき破って庭に叩きつけられていた。

己が身に何が起こったかわからぬまま、燐之助は白目をむいて気を失った。

燐之助は部屋を取り違えた。

お千代の許へ忍んだつもりが、そこは武家の妻女の部屋で、お千代は空いていたその二階の一間に移っていたのだ。

「ちょっとばかりやり過ぎましたかねえ……」

庭へ降り立って、燐之助の間抜け面を見下ろした武家の妻女の正体はお竜であった。

「いや、これでこのお調子者を追い払うことができましたよ」

と、お竜の傍でニヤリと笑ったのは、平右衛門であった。

二人が二階を見上げると、窓からおろくとおはつが顔を出して、口を押さえ哄《こう》笑《しょう》している。

二人の真ん中には、お千代の顔も覗いていて、つられて笑い出した。

「何よりも、お千代さんが笑ってくれましたよ」

平右衛門は、お千代を見て彼もまた誘われるように笑った。

お竜が憐之助について、お千代と話してみると、お竜が見た通り、お千代は憐之助を嫌っていた。

お千代が、憐之助についてどう思うか訊ねてきたので、

「何かというと〝ふふふ〟と笑うのが、何とも気持ち悪うございますねえ。頭の悪い馬みたいな顔をしているくせに、どことなく好い男を気取っているのも鼻につきますし、あれはきっと、お千代さんが自分に気があると思い込んでいるに違いありませんよ。ですが、お千代さんは、相手になるのも面倒だから、にこやかに受け流しているようですが、本当のところは大嫌いなんでしょう」

核心を突いてみた。

「大嫌いです……！」

お千代は、我が意を得たりとばかりに、憐之助に対する腹立ちを口にした。

㈨

早川屋平右衛門が狙った通り、その後は武家妻女の供侍《ともざむらい》に扮した男が、件《くだん》の如く立廻り、燐之助は生きた心地がせぬ様子で、ひたすら詫びた。

それへ平右衛門が間に入り、

「そもそも、お千代さんが想いを寄せているお相手は燐之助先生ではありませんよ。確かに絵を描くのが達者なのは同じですがねえ。とんだご料簡違いでございますよ」

と、窘《たしな》めつつ幕引きをした。

野島燐之助は這々《ほうほう》の体《てい》で湯本を引き払い、江戸へ逃げ帰った。

「ああ、お竜さんのお蔭で、胸のつかえがとれました」

お千代は、さらにお竜に心を開くようになった。

「あたしは、お千代さんが大笑いするのを見られたのが嬉しゅうございましたよ」

と言われて、恥ずかしそうにしたのが、お竜には大きな手応えに思われた。

「わたしも、お竜さんのように強くなりたい……」

彼女は、憐之助をさんざんこき下ろすうちに、元気な頃の自分を取り戻し、

「このままではいけませんね……」

という想いを新たにしたようだ。

そして、お竜の仕事部屋を訪ねては話すようになり、時折江戸への郷愁を言葉の端々に浮かべ始めた。

それでも、

「わたしは、お父っさんの気持ちがわかるような、わからないような……」

と、想い人との仲を裂かれたことへのわだかまりが、未だに払拭出来ないでいる自分を嘆いてみせた。

何がさて、お千代の口から与兵衛との悲恋を聞かされるのは、お竜の望むところだ。

お竜は、誰に誘われても風呂に一緒に入るのは遠慮してきたが、

「お竜さん、岩風呂にどう？　お竜さんが一緒なら心強いし」

と、誘われ、

「わかりました、ご一緒しましょう」

遂に承諾した。

岩風呂は露天で、きちんと板囲いはしてある。満天の星を眺めながら湯に浸ると、極楽浄土にいる心地がする。

「お千代さんはあたしが鶴屋の旦那さまに頼まれて、お千代さんを江戸に連れ帰ろうとしていると、思っているのではありませんか？」

ゆったりと湯に浸って星空を楽しむと、お竜はやさしい声で問いかけた。

お千代は、ふっと笑って、

「それはずっと思っています」

「あたしは孫兵衛の旦那さまが好きだから、お千代さんには戻ってもらいたいと思っていますが、あたしにはお千代さんの心の傷を癒すことはできません。連れて帰れと言われたら、それはお断りしますよ」

「お竜さんは好い加減なことを言うのが嫌いなのでしょうねえ」

「でもねえ。湯本へ来て、晴着の仕立をする間に、お千代さんに伝えられたら好いと思っていたことはありますよ」

「それを教えてください。今なら何でも素直に聞けると思います」

お千代は、白い裸身を湯の中にきらめかせつつお竜をじっと見た。

「鶴屋の旦那さまがなさったことは、ひとつも間違ってはいなかった。あたしはそう思います」

お竜はきっぱりと言った。

「お金でしくじる。女に手をあげる。この二つをやらかした男は信じられない。信じられない男を娘に近付けておくわけにはいかない。旦那さまはそう考えて、お千代さんを守ろうとしたのです。親としては当り前のことだと思いますよ」

「理屈ではわかります。でも、与兵衛さんはその過ちを認めて、わたしには男の誠を貫いてくれました。それを問答無用に切り捨てるなんて……」

「お千代さんの想いはわかります。あたしも女ですからね。与兵衛さんは、危ないところを助けてくれた。お千代さんにはいつもやさしかったし、身分違いを恥じて去って行ったのも真心あってのこと」

「そうです。そんな人をお父っさんは……」

「確か与兵衛さんには五十両をお渡しになったとか」

「あれは、お父っさんが無理矢理に……」

「でも、受け取ったのですね」

「それは……」

「受け取らないままですませることもできたはず」

「お父っさんが脅したのかもしれません」

「与兵衛さんの昔の仲間が、たかったのかもしれませんよ」

「昔の仲間？」

「一度道を踏み外してしまいますとねえ。本人がいくら励んでも、昔のしがらみはついて回るものなのですよ。悪い奴らは、どこまでも悪いことをし続けますからね。与兵衛さんも、孫兵衛さんも、お千代さんを守ろうとしたのでしょうよ」

「そうでしょうか……」

「そうですよ。こんなものが傷として娘に残ったらどうするんです」

お竜は湯の中で立ち上がると、淡い光を放つ置行灯《おきあんどん》へ寄って、腰から下を隠していた手拭いをのけた。

「あ……」

お千代はひとつ唸った。

お竜の腹には、刺されたような傷跡がある。さらにお竜は右の太腿の内側を、お千代に見せた。

そこには、一生消せぬ不幸の印である竜の彫物が息づいている。

「これをあたしの体に刻んだのは、危ない目に遭っていたあたしを助けてくれた男でした。あたしはつい情にほだされて、その男と一緒になり、生き地獄を味わされました。その男から逃げて、人に助けられたお蔭で今があるのです。あの時あたしに孫兵衛の旦那さまのような父親がいれば、こんなことにはならなかったと、今になっては己が宿命《さだめ》を恨みます。あたしの父親というのもろくでもない男でしたから……。若い頃はすぐにのぼせあがって前が見えなくなるものです。だからこそ、汚い世間を見てきた大人は案じるのです。お千代さん、旦那さまを恨んではいけませんよ……」

お千代は、衝撃に目を丸くしていたが、

「はい……」

目に涙を浮かべて、しっかりと頷いた。

「よかった。ここへ来た甲斐がありました。ああ、寒い……」

お竜は身を縮めながら、再び湯に浸った。

空に流れ星がひとつ——。

真《まこと》に天も気が利いている。

二人でしばし見つめる湯本の星空。

お千代は東の方へと手を合わせた。

「お竜さん、わたしの晴着ですが」

「まだもう少し暇がかかりそうですねえ」

「それなら、江戸に持ち帰って、仕上げてくださいませんか」

「江戸に持ち帰って？」

「はい。お竜さん、明日にでもわたしと一緒に江戸へ発ってくれませんか」

お千代は、続けてお竜に手を合わせた。

二、春風

(一)

時は文政五年となった。

新両替町《しんりょうがえちょう》二丁目の呉服店〝鶴屋《つるや》〟の正月は賑《にぎ》やかなものとなった。二年ぶりに一人娘のお千代《ちよ》が箱根湯本から戻り、共に元旦を迎えたからだ。

失恋の痛手から気うつを病んで、湯治場で過ごしたお千代であったが、暮れに出入りの仕立屋・お竜《りゅう》と一緒に江戸へ戻ってからは、見違えるほど元気になった。

〝鶴屋〟の主である父・孫兵衛《まごべえ》への不信が、お竜と過ごした一時で払拭されたのだ。

失恋の痛手は、孫兵衛によってもたらされたものであったが、お竜が彼女の右の太腿の内側に彫られた〝竜〟を見せて意見をしたことで、お千代も考えを改めた。

自分の娘が、たとえ毛筋ほどでも、不幸せになる恐れがあれば、父としてこれを未然に防ぐ。

迷いなく断行して、恋仲であった与兵衛《よへえ》と別れさせた孫兵衛を、決して恨んだり憎んだりしてはいけない。

そういう分別が、お千代の身についたのである。

気持ちが吹っ切れると、江戸の賑いの懐かしさ、生家で暮らす安心が相俟《あいま》って、お千代を以前の明るい娘、お嬢さんに戻していた。

湯本から江戸へ戻る道中は二泊。

お竜といると、心が落ち着いた。

口数も少なく、ほとんどお千代の話を聞くだけでいたが、苦労を重ねて強くなったお竜を間近に見ているると、己《おの》が未熟を痛感させられた。

〝鶴屋〟へ戻った時は、師走《しわす》も押し詰まり、店の様子は慌《あわただ》しかったが、孫兵衛はひとつも動じず、二年近く外へ出ていた娘を、二、三日ぶりに会ったかのような表情で、

「お千代、お帰り……」

と、迎えた。

「お父っさん……」

会えば何と言おうか、道中あれこれ考えていたというのに、次に続く言葉が出てこないお千代に、

「何も言わなくて好いよ。〝すまなかった〟なんて互いに言い合うのもおかしいだろう」

孫兵衛は少しからかうように言った。

「ふふふ、そうですね……」

「うむ、ただ笑ってくれたら、わたしは嬉しいねえ」

笑い合うと、それだけで以前の父と娘に戻った。

お竜と岩風呂で語った時の話をしたかったが、

「鶴屋の旦那さまには、あたしがこんな話をしたということは、言わなくてもようございますよ」

お竜にはそう言われていた。

孫兵衛が、お竜の過去と〝竜の彫物〟について、どこまで知っているか、お竜は明らかにしなかったし、そんなことを確かめるのも何やら気が引けたのだ。

父は何でもお見通しの人である。

あれこれ問わずとも、いつしか相手について深く知る術《すべ》を備えている。

「お竜さんには、色々とお世話になりました」

それだけで、お千代の言いたいことが、ほぼ把握出来たようで、

「あの人は、強くて、好い女だろう」

と、少し意味ありげに笑ってみせた。

――やはり、お父っさんは、お竜さんを見込んで湯本へ寄越してくれたのだ。

絶えず娘を思い、ありとあらゆる手を尽くして、お千代を取り戻さんとした、孫兵衛の信念を垣間《かいま》見て、お千代は幸せな気分になっていた。

お竜はというと、

「晴着ができあがらないうちに戻ってきましたので、しばらく家に籠って縫わせていただきます」

孫兵衛の顔を見るや、そのように断って、年末のぎりぎりまで、〝鶴屋〟には顔を見せなかった。

お竜にしてみても、お千代に秘事をさらけ出しただけに、〝鶴屋〟には極力顔を出さぬよう努めたのであった。

鶴屋孫兵衛は、隠居の文左衛門《ぶんざえもん》から、お竜のことは余さず聞いているはずだが、お竜は竜の彫物について彼に一度も話していない。

それゆえ、もしお千代が話していたらと思うと、孫兵衛の前に出るのが、恥ずかしかったのである。

いよいよ、晴着を仕立てて〝鶴屋〟に届けると、僅《わず》かに孫兵衛とお千代に頰笑むだけで、そそくさと家へ帰ったものだ。

「お竜さん、お正月はどうなさっているのです。毎日でも大いに結構ですので、店に来てくださいな」

孫兵衛は独り身のお竜を気遣ってくれたが、お竜は仕立屋として挨拶に顔を出す他は、極力家で仕立物と向き合った。

こうしているうちに、松の内は過ぎていく。

正月気分に浮かれると、かえって己が孤独に気付いてしまう。お竜はそれが恐いのだ。

「おれは、二六時中、人とあほなことを言い合《お》うておらぬと、気ィがふさいでしまう」

日頃はそう言って笑いとばしている井出勝之助《いでかつのすけ》は、〝鶴屋〟の用心棒兼手習い

師匠として店に寄宿しているゆえに、

「お千代殿が、店の反物で仕立てた着物を着て立っているだけで、客は我も我もと買いに来るであろうのう。ははは、着物が同じでも中身が違うとどうにもならんけどなあ」

冗談を言っては、お千代と店の者達を笑わせていた。

とはいえ、勝之助が、日々賑やかにしているのは、彼もまた己が孤独に気付くのが恐いからで、裏稼業の相棒であるお竜には、

「仕立屋、お前は偉いなあ。一人の自分にしっかりと向き合うている。おれはその境地にはなかなか達せられへん……」

〝鶴屋〟の店先ですれ違うと、苦笑いを浮かべていた。

人を闇に葬る〝地獄への案内人〟は、お竜のようであらねばならないと、本心では思っているのだ。

「用心棒と手習い師匠をしていれば、あたしみたいに一人には、なかなかなれませんよ」

お竜がそう返すと、

「そうやな。うむ、確かにそうや……」

勝之助は納得して、再び店の者達に軽口を言いながら、奥へと去っていった。

「独りを恐れるな」

と、お竜の武芸の師・北条佐兵衛《ほうじょうさへえ》は言った。

しかし、お竜は未だに己が孤独を知るのが恐かった。

孤独は盆や正月に襲いかかってくる。

だが、同じ想いをしている井出勝之助の存在はありがたかった。

こうして、お竜は彼女なりに松の内を過ごしたのだが、孫兵衛と奉公人達に温かく見守られ、すっかりと明るさを取り戻したように見えるお千代も、その実、心にはまだ闇を抱えているのかもしれない。

父娘《おやこ》の情と絆が、わだかまりを取り除いたとはいえ、お千代の女としての情念は、それとは別に燻《くすぶ》り続けているのではなかろうか。

松の内の孫兵衛は、お竜が見たことのないはしゃぎようであった。

二年ぶりに娘と迎える新年に、喜びを隠せないのは、誰の目からも頰笑ましく映ったが、

――娘の心の内を読んでいるのを悟られたくないゆえに、そのような振舞《ふるまい》を見せているのかもしれない。

と、お竜には思えた。

父親である孫兵衛の頰笑ましい姿を、そのように捉えて、肚《はら》の内を探っている自分にも、切なさを覚えた正月であった。

㈡

春とは名ばかりで、江戸では厳しい寒さが続いていたが、世の中が落ち着き、いつもの暮らしが戻ると、お竜が〝鶴屋〟に仕立物の受け渡しに行く機会も増えた。

お千代はその度に、

「あら、お竜さん……」

と、店先に出て来て、元気な様子を見せた。

己が秘事をさらしてまでも、自分を励ましてくれたお竜への謝意を伝えたい――。

その意図は明らかで、

「お千代さん、日に日にきれいになりますねえ」

お竜も笑顔で応えた。

それでも、老舗《しにせ》の呉服店の娘と出入りの仕立屋であるから、通り一遍の話に止めていたのだが、女中のおはつとおろくは、

「お嬢さまは、お竜さんの顔を見ると、ほっとするようで……」

「お竜さんとお話しすると、ご機嫌がよろしいのでございますよ」

と言う。

それは確かなのであろう。

父・孫兵衛の慈愛を受け、奉公人達からはたちまち以前の通りに慕われるようになったお千代だが、帰ってきたばかりの自分を、どこか腫れ物に触るように周囲が扱っているような気がしているはずだ。

――この人は、本音でぶつかってくれる。

お竜はお千代にとって、今もっとも心を許せる相手であるのは間違いない。

店先で会い、他愛もない話をして別れる時、お千代はまだ話し足りないという表情を浮かべることがある。

お竜に話せば、きっと真摯《しんし》に受け止め、それなりの答えを出してくれるに違いないと思いつつも、湯本の旅の空なら言えても、〝鶴屋〟に戻った今では、言えない胸の内があるのかもしれない。

　お千代に会う度に、お竜の胸騒ぎは高まっていく。

　しかし、お竜自身、こんな話が出来るのは、井出勝之助か、隠居の文左衛門しかおらず、

「そらそうやろ。人には心配をかけんとこうと思て、殊更《ことさら》に明るう振舞うていても、まだまだお千代殿なりに屈託を抱えているに違いなかろうよ」

「まずしばらくは、孫兵衛さんの喜ぶ様子を見守ってあげればよいのですよ」

　話したところで、こんな応えが返ってくるのは目に見えている。

　自分なりに、そっと見守っているのが何よりだと思い直すのだが、孫兵衛が自分を見込んで、わざわざ湯本へ旅をさせてくれた後始末が、まだ終っていない気がして仕方がなかった。

　考えてみれば、お千代が〝鶴屋〟に戻って来たことはそろそろ近隣のみならず、遠くまで、知れるところとなっているだろう。

　かつてお千代と恋仲であった与兵衛も、その噂を耳にしているかもしれない。

　与兵衛は五十両を孫兵衛から渡されて、お千代を思い切り、遠くへ去ったというが、忘れたつもりでも、一時姿を消していた彼女が〝鶴屋〟に戻っていると聞けば、

――一目見てみたい。

という気にはならないだろうか。

もし、そんな想いが募り、お千代をそっと見守るうちに、それを誰かに気付かれたらどうなる。

噂が噂を呼び、与兵衛が近くにいて、そっと自分を見ていたとお千代が知ったとすれば、彼女の心は大いに乱れるであろう。

さらにもうひとつの不安は、与兵衛の昔馴染《むかしなじみ》のよからぬ連中が、お千代を出しにして、金にしよう、などと企むかもしれないということだ。

孫兵衛に抜かりはないであろうが、今のところ彼は娘を好きにさせている。

以前、自分の知らないところで、お千代は与兵衛と通じた。

その折は、素早く動き、与兵衛と手を切らせ、お千代の外出を禁じた。娘付きの女中には暇《なじ》を出し、お千代と与兵衛の間をそっと取り持った常磐津《ときわず》の師匠には、その不実を詰り、

「これから先は一切の付合いを断たせてもらいましょう」

と、言い放ち、京橋界隈にはいられなくなるようにした。

その時の衝撃がお千代を気うつに追い込んだのは否《いな》めない。

お千代が二年近くの湯治場での静養を終えて戻って来たのだ。ここでまた、父親への不信を覚えさせてはならない。湯本にいる間、娘も色々と悩み、父親との絆を取り戻さんと考えたのである。

——また何かしでかすのではないか。

などと、初めから疑いの目で見たくない。

娘が心配なのはやまやまであるが、お千代の思うようにさせてやりたいと、孫兵衛も肚を括ったと思われる。

孫兵衛の方から、

「お千代、家に籠っていてもおもしろくなかろう。あれからさほど町も変わってはいないが、物見遊山に歩いたらどうだい？」

と、勧めているようだ。

お千代にも父の気持ちがわかるし、嬉しい。

「そうですねえ。おはつを連れて、鉄砲洲へ出て、海を見て来ます」

明るく応えて、孫兵衛が気に入っている女中のおはつを伴い、外出もした。

そうすれば孫兵衛も安心するだろうし、何よりも父親の気遣いには、素直に応えたいのであろう。

互いに歩み寄る父娘の姿は頬笑ましい。

しかし、災いはどこから降りかかってくるかわからない。

孫兵衛が、お千代のことが心配であっても、自由にさせてやらねばならないのなら、周りの者が代わりに、彼女をそっと見守ってやるべきではないだろうか。

お竜は、やはり気になるのだ。

そんなお竜の心の内はお見通しであったのか、一月半ばのある日のこと。

「お竜さん、ちょいとお付合いくださいな」

と、〝鶴屋〟を出たところで、文左衛門から声をかけられた。

隠居は、いつものように傍らのそば屋〝わか乃〟の二階座敷にいて、窓から顔を覗かせて笑っていた。

座敷へ向かうと、

「〝鶴屋〟の娘のことが気になるようで……」

文左衛門はニヤリと笑った。

お竜は首を竦《すく》めて、

「ご隠居には敵いません」

苦笑いを浮かべた。

「お竜さんの気持ちはよくわかります。わたしも同じ想いですからねえ」

お竜の想いを一通り聞くと、文左衛門はしんみりとした声で言った。

「お千代さんの動きを、そっと見張った方が好いのなら、あたしがそういたしますが、出過ぎたことと思いまして……」

「それはもう、お竜さんが見張ってあげるのが何よりも確かでしょうが、わたしもお千代さんのことについては、何も手を打ってこなかったわけではないので、そこは安心してください」

「やはり左様で……。そうですね。ご隠居ほどのお人が、見過ごしにされるはずはなかった。これはあたしの取り越し苦労でございました」

「とはいえ、お竜さんと井出先生には、そのうち動いてもらわねばならないかもしれませんよ」

文左衛門は意味ありげに笑ってみせた。

「と、申しますと……」

お竜は身を乗り出したが、

「その時がきたら、すぐに知らせますが、今はまだ、孫兵衛さんの思うがままにさせてあげたいのですよ」

文左衛門はそう言って頬笑むばかりであった。

その日は言葉を濁し、詳しくは語らなかった文左衛門であったが、〝わか乃〟で会った三日後に、文左衛門の従者・安三《やすぞう》が、お竜の家へ訪ねてきた。

この三日は、仕立物の仕事に追われ、ずっと長屋の自室に籠っていたお竜であった。

安三はいつも冷静沈着な男であるが、お竜にはただごとでない何かが起こり、それを知らせに来たのだと、すぐに察せられた。

「安さん、もしや〝鶴屋〟さんのことで?」

顔を見るや訊ねると、

「へい。お千代さんが、店からいなくなりました……」

安三は、しっかりとした物言いで告げたのである。

㈢

その日の昼下がり。

お千代は裏庭にまぎれ込んだ猫と戯れていた。

「これこれ、そんなに動き廻っては、ついていけませんよ」

お千代は元気な猫を追い廻し、周囲の者達を和《なご》ませていた。

奉公人達は皆、忙しく、お千代は猫と遊んでいるものだと頭にあり、ほんの一時彼女から目を離していた。

そのうち、お千代の姿が見えないことにおろくが気付き、

「おはつさん、お嬢さまはどうなさいましたか？」

と、問うた。

ちょうどその時、おはつはお千代から、

「猫を追いかけて喉が渇いたわ。部屋へ戻るから、お茶を用意してちょうだい」

と言われて、台所で茶を淹《い》れ、お千代の部屋に置いてきたところであった。

「お嬢さまが、どうかなさいましたか？」

おはつが、茶を部屋に届けて呼びにきたのだと応えると、

「あら、そうなの？」

おろくは怪訝《けげん》な表情で庭を見廻した。

辺りにお千代の姿は見えない。

「きっと、まだ猫を追い廻されているのでしょう」

おはつは先ほどから、屈託のない様子でいたお千代を目《ま》のあたりにしていたので、何の疑いもなく、

「お嬢さま！　猫さんはどこへ逃げたのです？」

にこやかに、お千代と猫の姿を求めて、店の中を巡ったのである。

ところが、お千代の姿はどこにも見当らなかった。

「裏木戸から、猫が外へ飛び出したのでしょうか？」

お千代は活発さを取り戻していたから、自分も外へ出て猫を追いかけているのではないだろうかと、おはつとおろくは裏手へ出て方々捜した。

それでも、お千代の姿はなかった。

おはつとおろくは顔面蒼白となったが、

「気うつも晴れて、江戸へ戻ってきたとはいえ、しばらくの間は、お千代の心にも浮き沈みがあるだろう。何があっても、慌《あわ》てずに見守ってやっておくれ」

二人は孫兵衛から、このように言われていたので、極めて冷静に、落ち着きを失わずに、孫兵衛にこの事態を伝えた。

孫兵衛は、奥の一間《ひとま》で隠居の文左衛門と碁を打っていた。

「旦那さま……」

年長のおろくが、緊張した声音《こわね》で申し立てをした。

孫兵衛のことであるから、聞いただけで大事が出来《しゅったい》したと知れるであろう。

「何です？」

しかし、孫兵衛は思った以上に落ち着いていて、

「お千代がどうかしたか」

碁を打つ手を止めることなく、おろくに問うた。

「はい。それが……」

「ご隠居にも一緒に聞いていただきたい。構わぬから、何が起きたか話してくれ」

孫兵衛はどこまでも平然としていた。

文左衛門も、落ち着き払って相槌《あいづち》を打っている。

そしておろくが、お千代の姿が見当らないと告げると、

「そうか、お千代にも一人で行きたいところがあったのかもしれない。くれぐれも騒ぎ立てたりはしないように」

と、申し付けたのである。

(四)

孫兵衛がおろくに言ったように、お千代には一人で行きたいところがあった。後で何か言われたら、

「猫を追いかけるうちに、気がつけば遠いところにまで行ってしまっておりました」

と、言い訳をするつもりであった。

そんなことを言ったとて、孫兵衛には嘘だとわかるであろう。それでも、行き先は誰にも言えなかった。

店には一刻ばかりで戻るつもりであった。

父と店の者達に心配をかけるであろうが、一刻くらい一人で出かけてもよいだろう。

きっちりと帰れば、孫兵衛も娘の嘘を知りつつ、

「猫を追いかけて出て迷子になったのかい？　いつまでたっても、お千代も子供だねえ」

と、笑ってすませてくれるだろう。

それ以後は、何があっても一人歩きはしないし、嘘はつかない。

――だからお父っさん、どうぞ許してください。

心の中で手を合わせ、お千代が向かう先は、鉄砲洲の本湊町《ほんみなとちよう》にある船宿であった。

ここに行けば、与兵衛に会えることになっていたのだ。

ちょうど二年前に、与兵衛とは泣く泣く別れた。

世の中には、ままならないこともある。

〝鶴屋〟という、老舗の呉服店の一人娘と生まれたのだ。

いつか自分も結婚することになるだろう。

その時は、娘をこの上もなくかわいがり、娘のために店をますます繁盛させようと、身を粉《こ》にして働いてくれた父・孫兵衛を楽にさせてあげたい。そう思っていた。

婿養子を迎えて、一生、父親と笑い合って暮らすのだと――。

だが、恋を知った時、父親への思慕の念は、想い人と一緒にいたいという気持ちの外へ追いやられてしまった。

自分を破落戸《ごろつき》から守ってくれた上に、身分違いの恋だと諦め、慕いつつ離れていこうとした与兵衛に、お千代はますます想いを募らせてしまった。

だが、与兵衛との密会が知れるところとなり、彼の過去が明らかになると、最愛の父が、二人の間を裂く最大の敵に変わっていた。

それでも父・孫兵衛が許せなかった与兵衛の罪は、博奕《ばくち》の借金にまみれたこと、酒に酔って酌婦を殴って怪我をさせたことであった。

今になって思うと、この二つの罪は、若気の至りですまされないものに違いない。孫兵衛がそれだけで与兵衛を娘の恋の相手として認められないと、有無を言わさず別れさせてしまったのは、〝鶴屋〟の主人としての英断であった。

父親の立場としては、当然の行いであるから、娘としては分別して思い切らねばならないであろう。

聡明なお千代であるから、その理屈は理解出来た。

しかし、頭ではわかっても、恋というものは相手の欠点をも受け容れてしまう力を秘めている。

与兵衛とてまだ若いのだ。過去の過ちを悔い改めて、きっと非の打ち所がない男に、生まれ変わってくれるはずだ。

これが与兵衛ではなく他人であれば、

「そんな男は、今がどうなっていようと、またその癖《へき》がぶり返すかもしれない。かかわらないのが身のためだわ」

お千代は、間違いなく孫兵衛と同じことを言ったであろう。

だが、与兵衛だけは違うと思ってしまうのである。

娘のためを思う父を、最大の敵と思うのは何と親不孝であろう。

だが恋は理屈や分別を超えてしまう。

父のしたことは当然だと思ってみても、

「どうして、わたしから与兵衛さんを取り上げてしまうの……」

その感情が先に立つ。

そして、与兵衛は父から五十両を手渡されて、お千代の前から去っていった。

お千代と与兵衛の仲を知りつつ、与兵衛の肩を持ってくれた女中は暇を出された。

二人をそっと稽古場の一間で密会させてくれた常磐津の師匠も、孫兵衛の逆鱗《げきりん》に触れて、町を出ていった。

すべては自分のせいであったが、二人共、与兵衛を、か。

「好いたらしい人」

だと認めてくれていた。

自分が、恋の魔力に操られ、何も見えなくなっていたわけでもない証《あかし》ではないか。

諦めようと思っても、与兵衛の温もりが今もお千代の体にまとわりついて、忘れられるものではなかった。

すると、町を去る常磐津の師匠が、お千代に別れを告げに〝鶴屋〟へ来た時、彼女は人知れずお千代の着物の袂《たもと》に結文《むすびぶみ》をもたらした。

師匠は亡くした息子に与兵衛が似ているということもあり、不良性を秘めていても、女子供にやさしく愛敬のある与兵衛を気に入っていた。

鶴屋孫兵衛の怒りに触れたが、与兵衛に肩入れしてきたことに悔いはなく、

「師匠……、何とかこれを、お千代さんに渡してもらえねえかなあ……」

と、与兵衛に結文を託されると、これを引き受けたのに違いない。

そっと受け取った時の胸の高鳴りは、今思い出しても息が止まりそうになるくらい激しかった。

お千代は、師匠に別れを告げると、厠《かわや》に持って入り、結文を解《ほど》いて、手を震わ

せながら食い入るように読んだ。

与兵衛も気持ちが高ぶっていたのであろう。文に書かれた字はたどたどしかった。

しかし、それは明らかに彼の〝手蹟《て》〟であった。小さく紙いっぱいに書かれた字が、落ち着きなく動いているように見えた。

文にはまず、このようなことになってしまって申し訳ないと、詫びが綴られていた。

町の破落戸からお千代を守ったのが縁で、好意を寄せてもらったと思うとのぼせあがり、そもそも身分違いの叶わぬ恋だと知りつつ、お千代の心を傷つけ、孫兵衛にも迷惑をかけてしまったのは、何もかも自分がいたらなかったゆえである。

己れの心を抑えられなくなる前に、お千代の前に姿を見せないようにするべきであったのに、会いたい気持ちに負けてしまった自分が恥ずかしい。

〝鶴屋〟の旦那様は、いくら若気のいたりであったとしても、金にだらしなく、女に手をあげる男は許せない。

もちろん、悔い改めて真人間になる男もいるし、

「お前さんが、そういう男であってもらいたいと願っているよ」

と言いつつ、

「わたしに知れたら、この恋は終ってしまう……。それが恐くて、人目を忍んで娘と会った気持ちもわからぬではない。だが、わたしが許せない二つの悪事をお前さんが働いていたと知れば、娘とはきっぱり手を切ってくれと言うしかない」

と、自分を拒んだ。

親として、娘には寸分の傷も付かぬようにする義務がある。

与兵衛の過去を知った上は、心苦しくはあっても、二人の仲をこの先認めることは出来ない――。

旦那様の仰せは、実にもっともであり、自分も思い切って、常磐津の師匠同様に、京橋界隈から出ていくつもりである。

しかし、考えるだに辛いのは、金にだらしなく、女に手をあげる男と思われたままで別れていくことである。

もう自分はそんな酷《ひど》い男ではない。

だからこそ、お千代も自分を好いてくれたのだ。

それでも以前犯した過ちは消せるものでないのもわかっているが、

「あの男《ひと》も、今では立派な男になって暮らしている」

お千代にはそう認めてもらいたい。

悪い仲間との縁も断ち切り、小間物の行商を始めて僅かに一年。

それなりに、商いは上手くいっているが、〝石の上にも三年〟という言葉がある。

この先二年。自分はひたすら精進して、誰からも認められる男になっていたい。

そしてその姿を一目見てもらえたら、それこそ本懐である。

二年後、お千代がどうなっているかは、わからないが、もしそれを叶えてくれるならこれほどの幸せはない。

その折に、未練を言うつもりは断じてない。

迷惑をかけないと誓う。

お千代にもあれこれ事情があるだろうから、無理にとは言わないが、都合がつくなら鉄砲洲の本湊町にある船宿〝和泉屋《いずみや》〟に顔を出してもらえないだろうか。

二年後の正月二十日から五日の間、自分はきっと〝和泉屋〟に逗留するであろう。

その間にもし顔を出せれば来てもらいたいのだ。

そこで、改めてお千代を苦しめた詫びをして、お千代の顔を拝めれば、もう何も思い残すことはない。

新たに人としての道を歩める。

結文には、つらつらとそんな与兵衛の想いと願いが認《したた》められてあり、

「こんな文を届けることさえ憚《はばか》られる。どうか何もかも許してもらいたいが、命をかけてお千代さんに惚れたのは、嘘偽りではない。それだけは信じてもらいたい」

と、締め括られてあった。

お千代は文を何度も何度も読み返したが、やがて火鉢にくべて燃やしてしまった。

こんな物を持っていて、父に見つかれば、今度は激しい叱責を受けるかもしれないし、与兵衛の身にもかかわると考えたからだ。

商売においては、時折厳しさを見せる孫兵衛であったが、日頃は穏やかで身内の者に声を荒げたことさえなかった。

しかし、この度の与兵衛への対処の仕方は、冷静ではあるが、恐ろしい気迫を体中から覗かせていた。

父とて今は気が高ぶっているはずだ。この結文の存在は決して知られてはいけ

ないと、お千代は感じたのだ。

それでも、文の内容は始めから終りまで、空で覚えていた。文は灰になっても、一言一句が目に焼き付いていた。

与兵衛の気持ちは嬉しかったし、彼の願いは痛いほどわかる。

「だからといって、二年後のわたしなど、生きているかさえわからないではないか……」

与兵衛との仲はもう終った。終らせる他に道はない。

これから先、自分はどう生きていけば好いのだ。

与兵衛と出会う前の自分に、果して戻れるだろうか。

いや、あの頃の無邪気な自分には、もう戻れまい。

いつか父のために婿を迎えて、〝鶴屋〟をさらに繁盛させるのだと心に誓った頃が、はるか昔に思われた。

恋に破れた女が、すぐに婿など迎えられるものか。

失恋の痛手は、いつになったら癒えるのであろう。

与兵衛は二年たった後に、立派になった自分を見てもらいたいと言う。

かつて恋仲にあった男が立派になっていれば、それは確かに嬉しい。

だが、彼の姿を落ち着いて、新たな気持ちで見られるものではない。

「いっそ死んでしまいたい。娘盛りの頃を、恋した男《ひと》を忘れるために過ごすなど空《むな》し過ぎる……」

日々、ふさぎ込むうちに、食事も喉を通らなくなり、気うつを患うようになった。

世間の目もあり、箱根湯本へ逃れるように行った。

湯治場の宿〝早川屋《はやかわや》〟は、何度か連れて行ってもらったところだし、主の平右衛《へいえ》門《もん》は頼りになる人であった。

江戸の喧騒から離れていると、野山や川にあらゆる生き物が暮らしていることに気付かされる。

鳥獣、魚、虫、蛙、草木……。

皆、与えられた生命をまっとうしている。

その姿に触れると、たった一人の男に心を迷わされ、生きるの死ぬのと言い募る自分が、何とも情けなくなってきた。

一年を過ぎると、生きる気力が湧いてきたが、冷静になって考えれば考えるほどに、父・孫兵衛の許へ帰れなかった。

自分がしでかしたことの重大さ、父への申し訳なさ。それと共に、与兵衛との仲を引き裂かれた悲しみが、孫兵衛の顔を見た途端に噴き出すのではないかという恐れが交錯するのだ。

いつまで湯本にいればよいのかを考えると、与兵衛の文が頭を過《よぎ》る。

彼は二年後の自分を見てくれと、文で伝えてきた。

それならば自分も二年後に、

「もう、あなたとの恋の痛みはとれました」

と、せめて元気な姿を見せて、改めてすっきりと別れの言葉を告げたらどうなのだ。

そんな気持ちが起こった。

おおっぴらに、会いに行けるものではないのはわかっているが、

――ひとまず二年をめどにしよう。

あの文のお蔭でそんな気持ちになった。

それでもなかなかふん切りがつかない年の瀬に、仕立屋のお竜が湯本に来てくれた。

お竜は今まで出会ったことのない女であった。

湯本では自然の偉大さに触れてきたが、お竜は女の偉大さを教えてくれた。

こんな女《ひと》が、〝鶴屋〟に出入りしているなんて――。

そう思った途端に江戸が恋しくなった。

そして帰ってみると、

――もっと早く帰ればよかった。

と思えるほど、孫兵衛と奉公人達の間で、お千代は伸び伸びと暮らすことが出来た。

父親へのわだかまりが解け、与兵衛に会いに行こうかという想いも薄れた。

今さら会ったとて何になるのだ。忘れようと思って暮らしたこちらの二年が無駄になるではないか。

ところが、与兵衛の文にあった刻限が迫ると、お千代は落ち着かなくなってきた。

一度は情を交わした男と平然と会って、平然と語り、あの折はっきりと言えなかった別れの言葉を交わしてこそ、本当の手切れになるのではなかろうか。

己が二年間の決着を問う声が体内に響き、気がつけば店を抜け出していた。

この日が、文に書かれていた、与兵衛が船宿に逗留している最後の日であった。

(五)

〝鶴屋〟を抜け出したお千代は、一目散に鉄砲洲へ向かった。

そこは孫兵衛に勧められて、おはつを供に物見遊山に出かけたところであった。

「海を見て来ます」

と言って出たが、足は自ずと本湊町にある船宿〝和泉屋〟を探していた。

その船宿は、海を隔てて石川島が見える松木立の中にひっそりと建っていた。

それがどこにあるか、知らず知らず確かめている自分は、とどのつまりはあの文の願いに応えてしまうのであろうか。

――いや、文にあったから気になっただけだわ。

自分自身にそう言い聞かせていたが、その時から本心は、

――与兵衛さんに会いたい。

という想いにつき動かされていたのであった。

〝下見〟をしていたゆえに、お千代は迷うことなく〝和泉屋〟についた。

ここまでは夢中でやって来たが、

――やはり来るべきではなかった。

お千代はすぐに後悔の念に襲われた。

孫兵衛とお竜の顔が浮かんだ。

自分のために動いてくれた人達を裏切っていると、彼女の心は千々《ちぢ》に乱れていた。

「与兵衛さんは……」

女中にそう訊ねるのが恐かった。

二年が経って、与兵衛の気が変わっているかもしれない。

のこのこと訪ねてきて、

「はて、そのようなお人は、お越しになっておりませんが……」

などと言われたら、死にたくなるくらい恥ずかしい。

――やはり帰ろう。

今なら、猫を追いかけていたと言ってもおかしくはない。

〝和泉屋〟と書かれた行灯《あんどん》の前まで来たが、お千代は踵《きびす》を返した。

「お千代さん……」

その時、背後から懐かしい声がした。

振り向くと、与兵衛が紺暖簾《こんのれん》の向こうにいて頬笑んでいた。

「与兵衛さん……」

お千代の体中を、熱い血が駆け巡った。

気持ちを抑えよう。平然と対しよう。

そう思っても、彼女の目は潤み、時が後戻りしてしまうのだ。

「来てくれたんだね。もう諦めていたところだったよ……」

与兵衛も言葉を詰らせた。

二年経ったが、与兵衛の姿も声も、まるで変わっていなかった。

だが、佇《たたずま》いからは男の渋みが増したように見える。

「与兵衛さんこそ、文に書いてあった通りにここへ……」

「当り前だよ。わたしがそのように書いて、お千代さんに来てもらいたいと、頼んだんだよ。何があっても来るさ」

与兵衛は、じっとお千代を見つめると、

「とにかく入っておくれよ。来たものの、ためらっているかもしれないと、ずっと表の様子を窺っていたんだが、会えてよかったよ……」

与兵衛はお千代を促した。

「それじゃあ、ちょっとだけ……」

お千代は、あくまで改めて別れを告げに来ただけなのだと、心を引き締めた。

「手間はとらせないさ……」

切なげに応えると、与兵衛は折り曲がりの土間を通って、奥の小座敷へお千代を連れて入った。

そこは船宿の一番奥で、小座敷へは船からそのまま上がれる、小さな船着き場が付いている。

「抜け出して来たんだろう。一杯やるわけにはいかないねえ」

座敷へ土間から上がると、与兵衛はにこりと笑った。

船宿の女中が茶菓を運んで来た。

その間、もじもじとして見つめ合ううちに、

――わたしはまだこの男《ひと》に、恋をしている。

と、自分の心がはっきりとわかった。

だが、今のお千代には、このままずるずると情に流されない強さが身に付いていた。

箱根湯本の岩風呂で、お竜は太腿に彫られた〝竜〟を見せ、

「これを無理矢理刻んだ男に、あたしは一時惚れていたんですよ」

と言った。

惚れていた時はまったく見えなかった男の闇が、一緒になってから見えることもある。

お千代には、与兵衛がそこまでの闇を秘めているとはまったく思えないが、お竜の凄絶な経験を知ると、男にははかり知れないところがあるのだとわかる。

与兵衛に久しぶりに会って胸はときめいたが、無理矢理であったにしろ、与兵衛は鶴屋孫兵衛から五十両の手切れ金を受け取っている。

既に別れた相手なのだ。

この恋心を晴れ晴れとさせたまま、与兵衛と別れていく方が、好い思い出を持ち続けられるであろう。

女中が部屋から下がった時、お千代の気持ちは固まっていた。

「あれから、気うつを病んで、どこかへ湯治に行ったと聞いたよ」

与兵衛はすまなそうに言って、

「お千代さんには、本当に辛い想いをさせて、本当に申し訳なかった……！」

深々と頭《こうべ》を垂れた。

「そんな風に謝まらないでください。わたしの方こそ、何も前が見えなくなって、与兵衛さんを苦しめてしまったわねえ」

　お千代もまた詫びた。

「わたしの苦しみなど、お千代さんに比べたら何でもないよ。わたしはあれから藤沢へ出てね。小間物屋を開いて、店はなかなか繁盛するようになったよ。鶴屋の旦那様からいただいたお金は、いつかきっと利息をつけてお返しするつもりだよ」

「そう。それはよかったわ」

「今は商いに精を出す毎日さ。だからまだ独り身でね」

「わたしも同じですよ。まだ江戸に戻ったばかりでね」

「ああ、こんな話はどうでもよかったね。とにかくわたしは、まっとうに暮らしているし、お千代さんも達者で何よりだ。あの時は、会わせてもらえないままに別れたので、ずうっと落ち着かなかった……」

「それはわたしも……」

「これで思い残すことはないよ。お千代さんに詫びを入れることができた」

「わたしも、与兵衛さんが立派になった姿を見てほっとしました」

「金にだらしなく、女に手をあげる……。そんな与兵衛は、もうとっくに死んでしまいましたよ」

二人はしばし頰笑み合うと、居ずまいを正して、

「いつまでも引き留めるわけにはいかないね」

「はい。そろそろ店に戻ります」

「やはり、堂々と表から、今のわたしを見てください。改めてお別れを申し上げに参りましたと、言うべきだったねえ。ここへ来るのは、さぞ大変だったのでは？」

「いえ、気にしないでください」

誰にも内緒でそっと会う。

その秘密のときめきを胸に、お千代は分別のある強い大人の女になろうとしていた。

「それでは与兵衛さん、これで本当のお別れです。どうぞお達者で……」

「お千代さんも……」

互いに座礼を交わした時であった。

俄《にわか》に部屋に、二人組の男が入ってきて、

「与兵衛、手前《てめえ》何を気取ってやがるんだ」

「おれ達をこけにして、手前だけ好い目を見ようと思ったらいけねえやな」

一人がお千代の退路に立ち塞《ふさ》がり、もう一人は何と、与兵衛の横に立って、彼の首筋に匕首《あいくち》を突きつけたのであった。

(六)

仕立屋お竜と、隠居の文左衛門が気にしていたことがこれであった。

与兵衛がいくら心を入れ替えても、かつての悪い仲間がそっとしてくれるとは限らない。

与兵衛は、鶴屋孫兵衛から五十両を受け取っていた。

それを羨《うらや》む者もいたであろう。また、お千代を突つけば金になると、よからぬことを企む輩《やから》も出てくるかもしれない。

孫兵衛が、お千代を湯本へ行かせたのも、しばらく〝鶴屋〟にはいない方が安全だと思い、人知れず娘の身柄を移したかったからであった。

二年経てば、そのような輩も諦めていなくなると思ったが、与兵衛のかつての仲間達は、どこまでも諦めず、お千代の帰りを探り続けていたらしい。

お千代とて、与兵衛の昔馴染が、そこまで凶悪だとは思ってもみなかったのだ。船宿で会うというのは、男女の密会を匂わせるものだが、与兵衛と会うのは人に知られてはならないゆえ、それも止《や》むなしと思って訪ねてきた。

与兵衛と会っていたのは、船宿の奥の小座敷で、外に併設されている小さな船着き場からも、部屋へ入ることが出来る。

この侵入者二人は、そこを狙って来たようだ。

ここまでは幸せな心地であったのに、お千代はどん底に落され、恐怖に声も出なかった。

「何をするんだ……」

与兵衛は、二人に怒りの目を向けた。

「仁助《にすけ》、住三《すみぞう》……。お前達、こんな真似をして、ただですむと思っているのか」

かつての仲間は、痩せぎすが仁助、小太りが住三というらしい。

いずれもどてらに三尺を締めた、いかにもそれとわかる破落戸である。

「ただですむと思うなだと？　今じゃあ仲間を捨てて、小間物屋の主に納まったお前に何ができるってえんだい？」

仁助は、与兵衛に突きつけた匕首で、与兵衛の頬をペタペタと叩いてみせた。

「とにかく、この娘さんは何のかかわり合いもないお人だ。帰してさしあげてくれ」

与兵衛は拝むようにして言ったが、

「そうはいかねえや。お前なんぞより、この娘さんが値打ちものなんだからよう」

「おい！　その人に手を出したら、お前らを殺すぞ」

与兵衛は声を荒げたが、

「やかましいやい！」

住三は低く叫ぶと、こ奴もまた懐に呑んだ匕首をお千代に向けた。

与兵衛は、凍りついたように身動きが出来なくなったお千代を前にして、

「頼む……。おれはどうなっても好いから、その人だけは……」

声を詰らせた。

「何もしやしねえよう」

仁助が嘲笑《あざわら》うように言った。

「おれ達はよう。お前みてえに〝鶴屋〟のお嬢さんに手を出したりしねえや」

「へへ、仁助[illegible]通りだ。与兵衛、この色事師が。ここへお嬢さんを連れ込[illegible]どうしようってんだ？」

「また、〝鶴屋〟から手切れ金をせしめようってえ魂胆かい」

「そんなんじゃあない。わたしは、ただ一目会って、あの時の詫びをしたかっただけなんだ」

仁助は狡猾《こうかつ》そうな表情に笑みを浮かべて、

「ほう、あの時の詫びをねえ……」

お千代に問うた。

「お嬢さん、そうなのかい？」

お千代は勇気を振り絞って、

「そうです……」

と応えた。

「与兵衛さんは、立派になった姿をわたしに見せて、安心させてあげようと思って、ここへ……」

「安心させようと？　どう見たって、久しぶりにお店《たな》にお嬢さんが戻ったと知って、ここへ呼び出して、また逢瀬を楽しもうとしたとしか見えねえなあ」

「そんなつもりじゃあなかったんだ」

与兵衛は何度も頭《かぶり》を振ったが、

「まあ、どっちにしろ、お前とお嬢さんはここで二人切りで会ったってわけだ」

「仁助、何を企んでいるんだ」

「何も企んでなんかいねえや。おれ達を裏切ったお前を見つけて、落し前をつけさせてやろうと船宿に踏み込んだら、何とお前は切れたはずの〝鶴屋〟のお嬢さんと、ここへしけ込んでやがった……」

「こいつはとんでもねえことだと、色事師のお前から、お嬢さんをお助けしたってわけだよう」

住三が続けた。

「そんな……、言いがかりは止《よ》してください」

お千代は詰《なじ》ったが、

「さあ、人はどう思うだろうねえ。とにかく、ここにいても始まらねえや。ちょいと付合ってもらうぜ」

仁助と住三は、二人に匕首を突きつけて、有無を言わさず、船着き場へ連れ出した。

そこには船が一艘舫《そうもや》ってあった。

非情にも、お千代に突きつけられた匕首が与兵衛を動けなくしていた。

(七)

住三が艪《ろ》を操る船は、深川へ向かって進んだ。

時刻は夕方となり、船がどこへ行くのか、確《しか》とわからなくなってきたが、与兵衛よりもむしろお千代の方が、落ち着いていた。

やがて船は浜辺に着いた。恐らくは、洲崎《すざき》の浜であると思われる。

そこで船を降ろされた後は、二人共に目隠しをされた。

それでも、仁助と住三に匕首を突きつけられながら歩いたとはいえ、それほどの距離を歩いたわけではない。

木場の隅か、洲崎弁天社の辺りかと察せられた。

二人が入れられたところは、どこかの物置であった。

そこで目隠しを取られると、雑然とした土間に敷かれた筵《むしろ》に座らされ、腕と足に縄目を受けた。

「さてと、与兵衛、手前には死んでもらうぜ。それから鶴屋さんには、お嬢さんの身柄を引き取ってもらいやしょう」

仁助が非情な宣告をした。

仲間を裏切った憎き与兵衛を始末して、〝鶴屋〟からは身代金をせしめるという魂胆らしい。

そんなことをしたとて、身代金の受け取りの方法など考えれば、うまくいくはずもないだろう。

それでも、仁助と住三は、

「どうせおれ達はついていねえことだらけだ……」

「ここは一か八か、勝負に出てやるぜ」

自棄《やけ》になっていて、何をしでかすかわからない状態であった。

娘が与兵衛と密会しているところを押さえられたのである。〝鶴屋〟にも弱みはあるはずだ。

破落戸二人が、お千代を〝傷もの〟にしてしまうことも出来るのだから、お千代を金にしようと考えるのも、無理はないのかもしれない。

しかし、お千代にしてみると、せっかく藤沢で小間物屋を始めて、商売も軌道に乗り始めているという与兵衛が、余りにも哀れであった。

破落戸二人の勝手な想いで恨みを買うなど、不憫《ふびん》ではないか。

若気の至りで、少しくらいぐれた昔があったものの、今では立派に世に出ている人は数多《あまた》いるはずだ。

「お千代さん、おれはもうどうなっても好いが、またお前さんを酷い目に遭わせてしまったとは、悔やんでも悔やみ切れない……」

ここへ連れてこられるまでの間、与兵衛は無念を嚙みしめながら、何度もお千代に詫びたものだ。

「ちょっと待ってください。与兵衛さんを殺すというのですか？　それはあんまりではありませんか」

お千代は不自由な体勢で、与兵衛を庇《かば》った。

「男女の仲が深くなりゃあ、情も強くなるのと同じことでね。おれ達のような無《ぶ》職《しょく》にも、それなりの掟《おきて》があるのでござんすよ」

仁助がしかつめらしい顔で言った。

「だがお嬢さん、おれ達だって鬼じゃあねえ。お前さんが、命ばかりは助けてやってくれと言いなさるなら考えねえでもねえや」

住三が、ニヤリと笑った。

「お千代さん、こんな奴らの言うことを聞いてはいけないよ」

与兵衛が声をあげたが、仁助と住三が、

「やかましいや！」

「手前は黙っていろ！」

と、蹴りとばして口を塞いだ。

「やはり、お金ですか……」

お千代は、切な気に言った。

「こいつはお嬢さん、話が早《はえ》えや」

「地獄の沙汰も金次第、てえ言いますからねえ」

「お金で心も買える。それがあなた方の掟ですか？」

「へい、そういうわけで……」

「恰好をつけていたら、あっしらの稼業は、すぐに干上がっちまいますのでねえ」

金が絡むと、口調まで媚《こ》びてくる。

こんな連中といるのが嫌で、与兵衛はまっとうに暮らしたくなったのであろう。

そして己が荒《すさ》んだ過去と、縁を切りたかったのに違いない。

お千代は、与兵衛がますます哀れに思えてきた。

「親にお金の無心をしろと？」

「まあ、そういうことになりますねえ。お嬢さんがこの野郎と密会していたことは、誓って口外いたしやせん」

「では、どういうことにするのです？」

「あっしと住三が、お嬢さんがおかしな連中に攫《さら》われているところをたまさか見かけて、こいつはただごとじゃあねえと思って、この物置小屋までつけてきたら、お嬢さんが手込めにされそうになっていた」

「そこで、あっしと仁助がとび込んで、お嬢さんをお助けしたが、連中には逃げられ、お嬢さんは腰を抜かして、立ち上がれそうにねえ。仕方なくお嬢さんに、迎えに来てくれるようにと一筆書いてもらった……」

「その文をわたしが書いて、このお二人にお礼のお金をあげてほしいと？」

「へい、そういうことで……」

「手込めにされそうだったって話は、口が裂けても口外しねえと、二人は言ってくれている……、と書き添えてもらいやしょうか」

「なるほど、そうすればわたしに傷が付いたと、おかしな噂も流れずにすむというわけですか。つまるところ、口止め料を礼に含めてくれるよう、匂わせておくのですね……」

「へい！　仰《おっ》しゃる通りで！」

「お千代さん……。そんな手口に乗せられてはいけないよ」

与兵衛は尚も、お千代を窘《たしな》めたが、再び二人に蹴られてぐったりした。

「この野郎……、もう勘弁ならねえ……」

「ちょいと痛めつけてやろうぜ」

「無体なことはお止めなさい」

お千代はひたすら与兵衛を守らんとしたが、

「お嬢さん、心配いりやせんよ。殺しゃあしねえ」

「お嬢さんが恐がっちゃあいけねえや。ちょいと外へ連れ出して、しばらく口が利けねえようにしてやろうぜ」

「お嬢さん、その間に文の文句を考えておいておくんなせえ」

「なに、金さえいただけりゃあ、与兵衛は逃がしてやりやすよう」

仁助と住三はそう言うと、お千代を小屋の真ん中に立っている柱に括りつけて、与兵衛の足の縛《いまし》めだけを解き、引きずるようにして外へ連れ出した。

開いた戸の外は既に暮れていて、お千代を絶望に追いやるのであった。

(八)

与兵衛は、仁助と住三に連れられ、人気《ひとけ》のない木場の隅までやって来た。

辺りは夜の色に染められ始めていた。

後ろ手に縛《しば》られた体には、合羽《かっぱ》がかけられていたので、与兵衛の姿を怪しむ者はいなかった。

「おい、お前ら本気で蹴りやがったな……」

薄闇に与兵衛の声が響いた。

先ほどとは打って変わって、どすの利いた声音であった。

「すまなかったな兄ィ」

「あれくれえしねえと、おれ達は強く見えねえだろう」

こちらも先ほどとは打って変わって、仁助と住三の声は、何やら間の抜けたものとなっている。

二人は、急いで与兵衛の縛めを解いた。

「おれはちょいと、佃町《つくだちょう》辺りで一杯やってくるからよう。女を見張っておけよ」

与兵衛は縛られた跡をさすりながら、仁助と住三に指図した。

「兄ィ、一杯やるってよう。痛めつけた兄ィが酒の匂いをさせているってえのは、どうなんだよう」

仁助が困った顔をした。

「そんなに飲まねえよう。おれが小屋に戻った時は、頭からすっぽりと頭陀袋《ずだぶくろ》でも被せておけば好いじゃあねえか。痛めつけた顔は見られたもんじゃあねえから隠したと言うのさ」

「なるほど、さすがは兄ィだ」

住三は感心してみせた。

「そんなら頼んだぜ、一刻くれえで戻ってくるからよう」

与兵衛は言い置くと、木場の向こうに輝く盛り場の明かりへ向かって、足早に歩いていった。

「住三、そんならおれ達は、物置小屋を見張るとするか」

「ああ、ちょいとばかり退屈だが、おれ達は与兵衛を痛めつけてることになっているから、表で酒でも飲むか」

　仁助と住三は、木場の外れの物置小屋へと戻っていった。

　ところが、物置小屋の前まで来た時、

「おい、お前らに訊きたいことがあるのやがなあ」

　いきなり上方訛《かみがたなま》りの浪人に呼び止められた。

「な、なんでぇお前は……」

「お前に話すことなど、何もねえや」

　粋がる仁助と住三は、匕首を抜いて脅しをかけたが、

「あほかい」

　浪人はひとつ唸ると、手にした棍棒《こんぼう》で、いとも容易《たやす》く二人の匕首を叩き落し、目にも止まらぬ速さで足払いをかけ、二人を立てなくした。そして浪人は、

「訊きたいことに応えられへんのやったら、その首は胴に付いておらぬぞよ」

　と、言うや闇に白刃を煌《きらめ》かせたかと思うと、二人の髻《もとどり》を切り落していた。

「だ、旦那……。何でも話しますから……」

「命ばかりはお助けを」

　二人は、動かなくなった足の痛みも忘れて、浪人に手を合わせた。

この上方訛りの浪人が、井出勝之助であるのは、言うまでもない。

鶴屋孫兵衛は、江戸へ戻ったお千代が、もしや与兵衛と会うのではないかと、案じていた。

縒《よ》りを戻さずとも、最後の別れの場も設けず、言葉も交わさせぬままに、与兵衛を追い払い、お千代を湯本に行かせたことを、孫兵衛は内心悔やんでいた。

思い切るにしろ、何かけじめをつけたかったと、お千代は思っていたのではなかったか――。

与兵衛の動向も気になったが、与兵衛は五十両を受け取ると、さっさと旅に出てしまった。

与兵衛とて、惚れた女との仲を裂かれたのだ。

失恋の痛手を癒さんと江戸を出たのかもしれない。

それでも、あっさりと引き下がり、すぐに姿を消してしまった与兵衛に、〝ただならぬもの〟を覚えていた。

隠居の文左衛門には、もちろん相談していた。

「お千代さんが戻って来たら、念のため、わたしがしばらくの間、気をつけておきましょう」

文左衛門はそのように孫兵衛に応えて、去年の暮れにお千代が戻ってからは、〝鶴屋〟の者にも気付かれぬようにして、お千代が外出をする折は、己が手の者をつけ、そっと見張っていたのであった。

その役目は、従者の安三に任せた。

安三は、そのような密偵を日頃から束ねている。

密偵は、文左衛門の息のかかった様々な店に、日頃は奉公している者達で、〝地獄への案内人〟である、お竜と井出勝之助は、確とその存在を知らない。

この連中が下調べをした上で、案内人の二人が止《とど》めを刺すことになるのである。

孫兵衛がこの日、お千代がいなくなったと聞いた時、まったく動じなかったのは、文左衛門の手の者が、お千代の動きを把握しているからだ。

それからすぐに、お千代が〝和泉屋〟という船宿で、与兵衛らしき男と会っているのを摑んだ。

さらに、与兵衛と共にお千代が、怪し気な男二人に脅されるようにして、船で連れ去られた様子も確《しら》かめていた。

すぐにその報せは文左衛門にもたらされ、井出勝之助の出番となったのだ。

勝之助は物置小屋の様子を探り、与兵衛と思《おぼ》しき男が仁助と住三と、初めからつるんでいたことに気付いた。

まず、与兵衛はやり過ごし、仁助と住三を物置小屋の前で捕えたのだ。

「仁助と住三やな……」

勝之助が訊ねた。

名を問われ、二人は口ごもったが、

「はっきりと答えんかい！」

勝之助は一旦納めた刀の鯉口を切った。

「は、はい！」

「左様でございます……」

仁助と住三は、命惜しさに大きな声で応えた。

「最前、一緒にいたのが与兵衛やな」

勝之助は気になることを次々と訊いて、二人はしっかりと答えた。

「お前らは、与兵衛に雇われて、一芝居打ったのやな」

「へ、へい、左様で……」

「女と会っているところへ踏み込んでこの物置小屋まで攫ってこいと」

「一度は惚れた男が、昔の悪い仲間に捕まって殺されそうになれば、助けてあげようと思うのは人情だ。そこをついて、娘の家から金をふんだくろうと考えたんだな」

「そうです。与兵衛と会っていたとは知られたくねえから、娘はあっしらの言うがままに、親許に催促するだろうってね」

「与兵衛は、悪い奴ですぜ」

「お前が人のことを言えるのか」

仁助と住三は首を竦めて、

「あっしらはただ、十両やるから手伝えと言われて引き受けただけなんですよ」

「近頃は景気が悪くて、つい金に目が眩《くら》んでしめえやした」

「真っ直ぐな娘の心を踏みにじる悪事に手を貸したのやぞ、どんな言い訳もできるかい」

二人は身を縮めた。

「与兵衛は、娘がきっと現れると思てたのか？」

「へい。きっと来ると、……」

「来なけりゃあ、どんな手を使っても、娘を外へ連れ出してみせると言っておりやした」

「左様か……」

勝之助の顔に怒りが充ちた。

「おれは〝鶴屋〟の世話になっている者や。お前らがしたことは許されるものではないが、表沙汰にするのも娘御のために気が引ける。お前らを人知れず始末するのが何よりやな」

彼は再び刀を抜いた。

「た、た、助けて……」

「こ、このことは、口が裂けても……話しはしやせん……」

二人はわなわなと震えて命乞いをした。

「ふん、斬る値打ちもない奴らや。命だけは助けてやろう。そやけど、今度お前らの顔を見たら、きっとその首を刎《は》ねるぞよ。目印をつけておく」

勝之助は刀の切っ先で、二人の額に十字を刻んだ。

そして、放心しそうになっている仁助と住三に刀を振り上げ、

「行け……!」

と、低い声で凄んだ。

仁助と住三は我に返って、足の痛みも何のその、脱兎のごとく逃げ去った。

勝之助はひとつ思い入れをして、物置小屋の戸を開けた。

「先生……」

泣き腫らした目で、お千代が勝之助を見た。

外での仁助と住三とのやり取りは、すべて聞こえていた。

勝之助は、あえてお千代に真実を伝えた上で、

「お千代殿、災難でござったな。猫を追いかけるうちに、人気のないところへ出てしもうて、おかしな奴らにかどわかされたのでござろう。方々捜し廻るうちに、船に乗せられて連れ去られるのを見かけて、この辺りと目星をつけて参ったのじゃ。破落戸《ならずもの》は、痛めつけてやったら逃げて行きよったが、そのうち怪しい奴じゃと、お縄になるであろう。ささ、まずは帰ろう……」

勝之助は、与兵衛のことには触れず、話すうちにお千代の縛めを解いた。

「先生……、わたしは……」

何と浅はかで愚かなのであろうと、お千代は勝之助の腕に縋《すが》った。

「何も申されるな。家《うち》をとび出して、気のすむまで猫を追いかけたのであろう。まず〝猫〟のことなど、忘れてしまいなされ。それにしても悪い猫やなあ。まあそのうち引っ捕まえられて、三味線の皮にされてしまうであろう。さあさあ、帰

ろう。主殿《あるじどの》がお待ちかねじゃ」

お千代は、勝之助の言葉に涙を浮かべながら、何度も頷いて、

「お父っさんは、さぞ怒っておいででしょうねえ……」

と、嘆息した。

美しい思い出を胸に、与兵衛と別れようとしたが、与兵衛はどこまでも自分を金の生《な》る木としてしか見ていなかった。

二年の間、空で覚えたあの結文は、ただの呪文であったのだ。

失恋の痛手に駄目を押され、計り知れない苦悩が彼女を襲ったが、孫兵衛の自分への慈愛が、勝之助の言葉に映し出されて、今、お千代の心を支えていた。

「主殿は、案じていたものの、怒ってはおらなんだ。これで娘の心も落ち着くであろうとな。ははは、いささか意地が悪いが、娘の心がこれで自分に向くと思うとな、どこか嬉しいのであろうよ」

勝之助は高らかに笑って、お千代の嘆きを抑え込み、彼女を連れて材木商〝熊《くま》野屋《のや》〟へ向かった。

ここは隠居の文左衛門の店である。今は養子を迎えて跡を継がせているが、堀割に囲まれた佇いは豪華な邸宅を思わせ、専用の船着き場は幾つもある。

船着き場には、船宿〝ゆあさ〟から船が迎えに来ていた。

文左衛門の縄張りの中でも御膝下《おひざもと》である木場で悪事を働かんとした与兵衛は、〝鶴屋〟の底知れぬ威勢に気が及んでいなかった。

――あほな奴や。

誰よりも手を出してはいけない娘を弄《もてあそ》んだ与兵衛が、このままですむはずはない。

勝之助は与兵衛を嘲笑いつつ、持ち前の能弁でお千代にふさぎ込む隙を与えずに、彼女を〝鶴屋〟に連れ帰ったのであった。

(九)

「ふッ、女なんぞちょろいもんだ……」

盛り場の喧騒に紛《まぎ》れて、与兵衛はしてやったりと顔を綻《ほころ》ばせていた。

あの日。お千代を破落戸達から守ったのも、一目で大店《おおだな》の娘だと知れたからだ。

娘の愛らしさもなかなかのものだったので、深入りの仕甲斐《しがい》もあった。

大店の娘ともなれば、御用聞きや、町の鳶《とび》の者なんかが出入りしていて、下手う。

をすれば半殺しの目に遭うかもしれない。

しかし、〝鶴屋〟の主は人情に厚く、無下《むげ》に人を痛めつけたりする男ではないと聞いていた。

ひたすら気持ちの好い若者を演じていれば、酷い目に遭わしたりはしないだろうそのうちに娘と与兵衛の仲を知れば、頭ごなしに追い払わず、まず与兵衛がどんな男かを調べるであろう。

自分の過去を隠すつもりはなかった。

かつてはぐれていた頃もあったが、今は立ち直ろうと日々商いに励んでいる。

そういう姿を見せておけばよい。

「あの男は好い奴だが、かといってお千代の婿にするわけにはいかない」

きっとそのようになるだろう。

そこで、身の程も知らずに惚れてしまった自分を恥じて、ひたすら詫びると、無理矢理にでも手切れ金をもたらしてくれるはずだ。

そして、その読みは当った。

五十両もの金を、孫兵衛はくれたのである。

一旦出した金は引っ込めまい。何度も遠慮をした末に手にした金で、与兵衛は旅に出て博奕三昧《ざんまい》の日を送った。

二年くらいで金は底をつくと見ていた与兵衛は、その頃に一目会いたいという文を、自分贔屓《びいき》の常磐津の師匠に託しておいた。

――きっとお千代は一目会いたいと、訪ねてくるだろう。

それを見越して、乾分《こぶん》の仁助と住三と謀《はか》って芝居を打ったのだ。

お千代は、与兵衛と会ったがために攫われたとは、口が裂けても言えないはずだ。

さらに、目の前で与兵衛が、かつての悪い仲間に命を奪われようとしているのを見れば、何とかして助けてやろうと、仁助と住三の言うことを聞き容れるはずだ。

「少なく見ても、百両は出すだろう」

仁助と住三にいくらかくれてやっても、これでしばらくは懐が潤う。今度こそは女に小体《こてい》な店でも開いてやって、食うに困らぬようにして気楽に生きていくか――。

それにしても、こんなに上手くいくとは、我ながら自分のもてように は驚くばかりである。

これで、お千代とも本当の別れだ。

仁助と住三に、腕のひとつもへし折られ、誰にも合わす顔がなくなった与兵衛は、姿を消してしまった。

そういうことにしておこう。

佃町には馴染の酌取り女がいる。

こいつを相手に小座敷で軽く一杯やってから、あの物置小屋へ戻ろう。

——そこでもう一芝居だ。

その前に英気を養わんと、細い路地に入った時であった。

濃い色の格子縞《こうしじま》の半纏《はんてん》を肩に乗せ、手拭いを吹き流しに被った小粋な女が向こうからやって来た。

店の掛行灯《かけあんどん》のかすかな灯に、女がにこりと頬笑みかけるのがわかった。

——いや、今はこいつと一杯やるか。

女は誰でも皆自分についてくると、思い上がっている与兵衛は、

「おう、お前はどこの店に出ているんだい？」

女を酒場の酌取り女と見て、傍《そば》へ寄って声をかけた。

「あたしですか……」

女は艶然《えんぜん》と笑い、与兵衛の耳許で囁いた。

「地獄の入り口の店、ですよう」

「何だと……？」

問い返した刹那《せつな》、寄りかかったかに見えた女は、隠し持った小刀で、与兵衛の心の臓をひと突きにしていた。

声もなく、蹲る《うずくま》与兵衛の背中をさすって、

「飲み過ぎは体に毒ですよ……」

と、言い置いて通り過ぎたのは、仕立屋お竜であった。

既に与兵衛は地獄の入り口に立っていた。

やがてばたりと倒れた与兵衛には目もくれず、お竜は深川の雑踏を歩いていた。

親の情愛は恐るべしだと、お竜は感慨深げであった。

孫兵衛の気持ちを察した文左衛門は、念のためにと、手の者を巡らせてお千代を見張っていた。

そして遂に、案内人であるお竜と井出勝之助を放ったのだ。

この度は、

「日頃お世話になっている、鶴屋さんのことですから、お金なんかいりませんよう」

お竜は文左衛門にそう言って、

「いかにも……」

と、勝之助の同意を得たが、

「いや、あくまでも仕事ですからね」

文左衛門はそう言って、十両ずつ手渡したものだ。

そして、勝之助は仁助と住三の命だけは助けてやり、殺しても殺したりない与兵衛は、お竜が始末した。

思えば与兵衛は、文左衛門の知る限りでは、人を殺《あや》めたことはなかったかもしれぬが、お竜の目から見れば最低の人でなしで、地獄へ案内するに値する悪党であった。

——さて、明日からお千代さんはどうなるのだろう。

世をはかなみはしないだろうかと、お竜は心配になった。

だが、不幸せの度合では、いかなお千代もお竜には敵うまい。

死にたくなった時、お千代は一月《ひとつき》ほど前に、箱根湯本の岩風呂で、満天の星の下で見たお竜の右の太腿に彫られた竜を、思い出してくれるであろうか。思い出して、己が不幸せなど大したものではないと、自分を励ましてくれたら……。

一生消えぬ、お竜の不幸せの印も、少しは世のためになるだろう。

お竜は、半纏を物陰で脱ぎ、風呂敷にしまうと家路を急いだ。

〝八百蔵《やおぞう》長屋〟へ戻る道中、近所である文左衛門の隠宅の前を通ると、格子窓が少し開いていて、端座する文左衛門の姿が窓越しに窺える。

今は〝元締〟の顔の文左衛門は、お竜の姿を認め、ひとつ頷いてみせた。

お竜はにこやかに頷き返して、そのまま通り過ぎた。それが首尾を報せる合図であった。

この先数日は、お千代の動向が気になる。

明日は〝鶴屋〟へ顔を出し、何も知らぬふりをしてお千代に声をかけてみようか。

お竜を見れば、

――ここに、わたしよりも酷い目に遭った人がいた。

そう思って、少しは気も晴れるかもしれない。

そんな想いが頭を過ったが、それくらいでお千代の心の痛手が治るものではなかろう。

——そうだ、孫兵衛の旦那さまに任せておけばよいのだ。

お竜には思いも寄らぬ、父の慈愛が、ずたずたに傷つけられた娘の心を癒し、立ち直らせるに違いない。

店の用心棒の井出勝之助が、娘のお千代を助け出し、これは何もかも与兵衛が仕組んだ罠であったと、孫兵衛にはそっと耳打ちをする。

孫兵衛は何もかも事情は知っているが、決してそれを口にせず、娘を労《いたわ》るのであろう。

——わたしは知っている。だが、何も知らないのさ。

そんな表情を浮かべつつ、

——互いに何もなかったことにしてしまおう。

無言のうちに娘に語りかけるだけの、人情の機微に長《た》けた人であるはずだ。

お竜に対しても、何もかも知った上で、仕立物を届けると、

「あの憎き与兵衛を殺してくださったのですね……」

という礼を、いつもの温和な表情に漂わせながら、

「お竜さん。ご苦労でしたねえ。いやいや、好いできですねえ」

いつものように声をかけてくれるのであろうか――。

お竜は、そんなことを考えながら、少し間を置いて、三日後に仕立物を届けに〝鶴屋〟へ出向いた。

すると、

「お竜さん、ご苦労さまでしたねえ……」

まず、お竜の姿を見留めて帳場の奥から、飛び出して来たのは、お千代であった。

その屈託のない笑顔を見て、お竜はほっとした。

「お千代さん、感心ですねえ。今はお店のお手伝いを？」

「ええ、これからはお父っさんの肩助《かただす》けをして、恩返しをしませんとねえ」

「旦那さまも、さぞ心強いでしょうね」

「さあ、どう思っておいでかわかりませんが、今は奥で、ご隠居と碁を打っていますよ」

「それは何よりですね。二人で、どんな話をされているのでしょうねえ」

お竜は、晴れ晴れとしたお千代の顔を愛《め》でながら、ニヤリと笑った。

表から吹き込んできた風に、春の匂いがした。

三、修《しゅ》惑《わく》

㈠

お竜《りゅう》がその浪人を見かけたのは、一年くらい前であっただろうか。

三十間堀《さんじっけんぼり》三丁目の〝八百蔵《やおぞう》長屋〟へ越してきて、呉服店〝鶴屋《つるや》〟へ出入りするようになってからまだ日も浅い頃で、道行く人や風景のひとつひとつに目がいっていたゆえに、気になったのかもしれない。

——何やら風情のあるお人だ。

と、お竜には見えたのである。

年恰好は四十になるやならずというところで、着ている物は地味で質素だが、こざっぱりとしている。

丸みを帯びた顔は、穏やかに整っている。

それでいて目には鋭さがあり、歩く姿には威風が漂っている。泰平の世にあって、浪人は皆どこかくたびれていて、武士であることを持て余しているように、お竜の目には映っていたが、威張らずとも武士の品格を忘れていない様子に好感が持てたのだ。

かといって、お竜は立ち止まって、じっと人を見たりはしない。ゆったりと歩いて、すれ違ううちに人の観察が出来る術《すべ》が身についている。ただおっとりとして、人のことなど気にせず、咲き始めた桜でも愛《め》でながら歩いていられる方が、人間は幸せなのかもしれない。

今となっては、そんな風に思えるお竜であるが、当時は近隣で人を見ると、まず見定める癖《へき》があった。

しかし、その男からは悪い印象を受けたわけではない。浪人をしていても、それなりの武士であるのであろう。咄嗟《とっさ》の間にそのように認め、和《なご》やかな気持ちとなって、通り過ぎたのだ。

そして、気になる人とは、どういうわけかよく行き合うものである。気になるから、人ごみの中にいても、目敏《めざと》く見つけてしまうのかもしれないが、その後もお竜は浪人を何度も京橋界隈で見かけることになった。

そもそもが、無口で人交わりが苦手なお竜である。

「よくお目にかかりますね」

などと、陽気に声などかけられない。

自分は気になっていても、相手が自分の存在を認めているかどうかはわからないのである。

見かけると、出来る限り自分の気配を消してやり過ごすか、脇道へ入ってしまうかで、むしろ知り合うきっかけが出来ないようにしていたから、声のかけようもなかったのだ。

だが、そうするうちに、お竜は浪人が十歳くらいの少女と連れ立って歩いているところを見かけた。

どうやら浪人の娘らしい。

父に似て、顔は丸みを帯びていて、黒目がちの瞳はいかにも利口そうで、小さな口はきゅっと引き結ばれている。

娘の顔も覚えてしまったお竜は、それから今にいたるまで、娘が母や兄弟らしき者と連れ立って歩いているところを、一度も見ていない。

父が娘を慈しみ、娘が父を慕う様子が窺われて、父娘《おやこ》だけで寄り添って暮らしているらしい。

また別の折は、浪人が川岸や浜辺で、絵筆をとって景色を料紙に写している姿も見た。

浪人絵師であろうかと思っていると、何枚もの凧《たこ》を小脇に抱えている姿を見たので、

――内職で、凧を拵《こしら》えているようね。

お竜の心の内で、浪人の日常が少しずつわかってきた。

見かけた時に、そっと住まいを確かめたくなる衝動にかられたこともあったが、

――あたしもそこまで暇じゃあないんだ。

すぐに打ち消して一年が過ぎた。

今年も三十間堀、京橋川の岸に、ちらほらと桜が咲く季節となったが、この日、お竜はまた件《くだん》の浪人を見かけた。

新両替町二丁目にある〝鶴屋〟へ仕立物を届けた帰り、朝からのぽかぽかとした陽気につられ、築地の本願寺へ足を延ばしてみようと思い立ち、辺りを散策した。

暖かな陽光を身に浴びて、ゆったりと桜の咲き具合を確かめていると、心と体

が休まった。
一年前は、何か用がないと極力表へは出ず、長屋に籠って縫い物に向かってい
たが、やっと陽春を楽しむゆとりが出来ていた。
するると、本願寺橋の向こうから、絵筆と料紙を手にした件の浪人が、辺りを見
廻しながらやって来るのが見えた。
今日は娘も一緒であった。
去年が十歳であったとすれば、今年は十一歳。久しぶりに見る顔は、随分と大
人びてきていた。
この日は、父の写生に付合い、自分も少しは父に習って描いたのであろうか、
大人びた顔に童女のあどけなさを浮かべて、実に楽しそうであった。
お竜は自ずと姿を寺の門の陰に移し、二人をやり過ごさんとしていた。
「よくお見かけしますが、その絵はやはり、凧に使われるのですか？」
と、訊けばよいのかもしれない。
だが一年経っても、自分から知り合いを増やす気には、まだなれなかった。
天賦の才によって身に付いた武芸で、かつての自分のように虐げられている女
を助け、悪を断つことで、己《おの》が幸せを見つける――。

そう考えて暮らしてはきたが、人を幸せにすると心は晴れやかになるものの、殺しを重ねると、周りの人に危険を及ぼすのではないかという不安を覚えもする。

父娘は相変わらず仲睦じく幸せそうである。

それがわかっただけでもよかったと、お竜はそそくさと立ち去ろうとしたのだが、

「これは新井《あらい》様……」

と、浪人を呼び止める男の声がして、思わず立ち止まった。

偶然に知り人と出会ったようだ。

「ああ、おぬしか……」

新井と呼ばれた浪人は、娘とのひと時を邪魔されたのが不満であったのか、声をかけた町の中年男に冷めた目を向けると、

「久枝《ひさえ》、先に戻っていなさい」

娘に告げて、男と肩を並べて歩き出した。

娘は久枝というらしい。

彼女はにこやかに二人に頭を下げると、また本願寺橋を引き返して、海側へと去っていった。

新井と男は、木挽町《こびきちょう》へ向かっていた。

冷めた目を向けてはいるが、暮らし向きのこともあり、会えば放っておけぬ相手なのであろう。

お竜は彼らの動きを確かめると、その足は久枝の後を追っていた。

父親と別れて、一人で家路につく娘が、どこか不憫《ふびん》に思えたので、道中の安全を確かめてあげようと、見守ったのである。

しっかりとした父親に育てられた娘である。足取りにも乱れがなく、おかしな連中につけ入る隙を与えない、物腰の確かさがあった。

お竜は、つけるうち、

——とんだお節介だったね。

と、心の内で失笑していた。

やがて娘は、海に近い上柳原町《かみやなぎわらちょう》の仕舞屋《しもたや》へと入っていった。

そこが凧作りの仕事場になっているらしいが、儒者や学者の住まいのような、浪宅としてはなかなかに、趣《おもむき》のある家であった。

——ふふふ、大した入れ込みようだね。

お竜は、一年の間に父娘へ勝手な思い入れをしている自分がおかしかった。

しかし、今日は色々とわかった。

浪人は新井。その娘は久枝。住まいは上柳原町の仕舞屋。

そのうち、一言二言、言葉を交わす日もくるかもしれない。

こちらが気になっているのだ。

いかに気配を消して、いつもやり過ごしているとはいえ、新井氏は心得た武士と見受けられる。

「そういえば、何度かすれ違《ちご》うたような……」

いつも一人歩きのお竜に、そのような想いを抱いているかもしれない。

――知られているようではいけないのだが。

あの浪人には、そんな親しみを抱いてしまう。

「そうか、そういうことか……」

お竜は、ただの散策があらぬ方へと向いてしまったと苦笑いを浮かべつつ、何故、新井某《なにがし》という浪人が気になったか、やっとわかった。

お竜にとっての武芸の師・北条佐兵衛《ほうじようさへえ》と同じ匂いがするからだ。

(二)

お竜は翌日、橋場の渡しへ舟で出て、真崎《まつさき》稲荷社の裏手にある北条佐兵衛の浪宅へと出かけた。

どうしようもない男と一緒になってしまったお竜は、男の許から逃げんとして見つかり、深傷《ふかで》を負って倒れているところを、佐兵衛に助けられこの浪宅で匿《かくま》われ、みっちりと武芸を仕込まれた。

佐兵衛は、お竜の武芸の才を開花させると、お竜を仕立屋として〝鶴屋〟へ送り込んで、武者修行の旅へ出た。

以来、佐兵衛はほとんどこの浪宅には帰っていない。

それゆえ、お竜は時折無人となった家へやって来て、風を通し、掃除をして、自らの武芸を見つめ直していた。

しかし、このところは忙しさに紛《まぎ》れて来ておらず、浪人の新井を見かけて師を思い出し、これはいけないと、慌てて訪れたのだ。

この辺りに来ると心が落ち着く。

隅田川の岸辺に出れば、今戸焼の窯《かま》から立ち上る煙がぼんやりと見え、対岸の向島の大堤には桜並木があり、花を咲かせ始めている。

満開の桜を眺めるには、まだ日がかかりそうだが、咲き始めた頃も、散り始めた頃も、桜は美しい。

真崎稲荷社の裏手には、見渡す限りの田園風景が広がっていて、その中にぽつんと建つ百姓家が、北条佐兵衛の浪宅である。

身寄りのないお竜にとっては、ここが実家《さと》である。

三年の間、みっちりと武芸を仕込まれたところゆえ、ほのぼのとした思い出はないものの、弱く哀れな女が日に日に強くなっていく実感が湧き上がり、

――あたしは新たにお竜という女に生まれ変わった。

と、気分が昂揚したものだ。

それは、苦しくとも楽しい毎日であった。

強く、やさしく、厳しく、そして自分に武芸を仕込み、抑圧された心を解放してくれる師・北条佐兵衛の傍にいられる喜びで充たされていた。

お竜は足取り軽く、浪宅である百姓家へと向かった。

表の板戸には南京錠をかけてあるのだが、板戸は開けられて、中の障子戸が露《あら》

わになっている。

——先生が、お戻りになっている。

お竜の顔に朱が差した。

戻っているなら、せめて隠居の文左衛門《ぶんざえもん》に一報を入れてくれればよいものを——。

相変わらず言葉足らずなお方だ。そんな恨みがましい想いもまた楽しく、お竜は土間に足を踏み入れて屋内を見廻したが、佐兵衛の姿はそこになかった。

となれば、裏の井戸のある庭で、型の稽古をしているはずだ。

お竜は裏へ廻ってみたが、そこにも佐兵衛はいなかった。

——入れ違いであったのかもしれない。

佐兵衛は帰って来たばかりで、今頃は文左衛門に会いに行っているのではなかろうか。

この百姓家は、文左衛門の持ち家であった。

かつて、北条佐兵衛は剣術の仕合における筋違いな遺恨から、浅茅《あさじ》ヶ原《はら》で六人に待ち伏せられて、不意討ちに遭った。

この時、佐兵衛は四人を斬り、残る二人は逃げ去った。

しかし、手練《てだ》れ六人を相手に自らも手負いとなり、戦い終えると動けなくなってしまった。

ちょうどその時、文左衛門は浅茅ヶ原近くの橋場の渡しにいて、斬り合いがあったと聞きつけ見にいったところで、佐兵衛と出会った。

文左衛門は事情を聞くと、供の安三《やすぞう》を走らせ、近所の百姓家へ佐兵衛を運び、養生をさせたのである。

そこから二人の交流が生まれ、

「これぞ古武士……。武芸一筋に生き、ひとつも驕《おご》らぬ大人物である」

文左衛門は佐兵衛を大いに気に入り、近くに百姓家を所有していたので、江戸にいる間はここを住まいとすればよろしいと、勧めたのだ。

その交情が、お竜にもたらされたわけであるが、佐兵衛は江戸へ戻ると、まず文左衛門に一報を入れるのが常となっている。

――そうに違いない。

それゆえ、文左衛門からは何も報《しら》せてこなかったのだろうと、お竜は解釈した。

――では、先生をお待ちする間、掃除をしておきましょうかねえ。

穏やかな気持ちになって、いろりのある板間に戻った。

そして土間の隅に置いてある、叩《はた》きを取らんとした時。

納戸の板戸が突然開いたかと思うと、

「うむッ！」

気合と共に、黒い影がお竜を襲った。

恐しく切れ味の鋭い、敵の身のこなしであった。

「やあッ！」

咄嗟に黒い影の打ち込みをかわしたお竜は、掃除用具の傍らに積んである薪《まき》を手に取り、敵へ投げつけ、さらにひとつを手にして、反撃に転じんとしたが、不意を衝かれて劣勢は免がれなかった。

「それッ！」

と、敵はお竜の薪を叩き落し、さっと飛び下がるお竜の右太腿を打った。

お竜の右太腿に鈍痛が走ったが、彼女は気丈にも家の梁《はり》に飛び移り、敵の頭上で帯に忍ばせていた小刀を抜いて、投げつけんとして身構えた。

ここまで、あっという間の争闘であった。

黒い影は覆面をしていた。手には棒切れを握っているのが、はっきりとわかった。

させてくれたものだと、佐兵衛には感謝したものだ。

佐兵衛は、事情をお竜に伝えた時、

「そなたに武芸を仕込む張り合いになったというものじゃ」

と、笑ってみせた。

お竜には武芸において天賦の才がある。

少しでも早く仕込めば、いざという時には大きな味方になると言うのだ。

——あたしが、これほどまでに強いお方の味方になれるのか？　なってみせよう。

その想いは、お竜の心を奮い立たせた。

敵が襲ってくることはなかったが、北条佐兵衛の浪宅はいつ戦場と化すかしれないところであったのだ。

いつしか、楽しかった思い出が、浪宅を心安らぐ実家にしてしまっていたのは、恥ずべきことであった。

お竜は、己が不覚を省《せい》すると、

「先生、何卒《なにとぞ》、竜に一手ご指南くださりませ。お願い申します」

佐兵衛の前に手を突いて、稽古を願ったのである。

(三)

それから一刻《いっとき》の間。

北条佐兵衛は、お竜にみっちりと武芸の稽古をつけてくれた。

剣術の型、小太刀の型、組太刀、六尺棒による長物の型、手裏剣術、柔術など、一通りこなした後、屋外、屋内での戦闘を袋竹刀《ふくろしない》で実際に立合った。

どれをとってみても、やはり佐兵衛には敵わなかったが、

「うむ！　今はおれが手負いとなったぞ！」

時にお竜の打ちが、佐兵衛の体にかすることもあり、その度に佐兵衛は上機嫌となり、頷《うなず》いてみせた。

剣術などは、自分より少し強い者と立合うのが楽しい。

お竜にしてみれば、

——先生は、あたしの技量に合わせてくださっている。

と、受け止めたくなるが、時に佐兵衛は真顔で袋竹刀を揮った。

その表情を窺い見るに、真《まこと》にお竜の技に苦戦を強いられている瞬間があるよう

にも思えた。

特に屋内での立合においては、佐兵衛を何度も唸らせた。

佐兵衛が留守にしている間、お竜はこの浪宅の掃除に来ては、色んな場を想定して、戦闘の稽古をしてきた。

〝地獄への案内人〟は、屋内での仕事が多い。

それゆえお竜は、狭くて天井の低い屋内でいかに的を仕留められるか、自分なりに考え、稽古に励んできた。

そして、実戦がお竜の術に磨きをかけ、変幻自在の動きを彼女にもたらしたのだ。

佐兵衛にはそれがわかるゆえに、

――お竜との立合は、自分にとってもためになる。

と、なるのである。

「よし、このあたりにしておこう」

と言う佐兵衛に、

「今しばし、お稽古を……」

お竜は願ったが、佐兵衛はにこやかに頭《かぶり》を振った。

「お前の術は、ひとつの高みに達している。この上は、徒《いたずら》に稽古をしても無駄である。しっくりといかぬところは、それを胸に刻み、次なる修行の糧といたすがよい」

「畏《かしこ》まりました……」

お竜は素直に頭《こうべ》を垂れた。

少しばかり稽古をしたとて身にはつかぬ。

修行し始めの頃は、体に覚えさせるために、稽古に漬かっていればよいが、ある程度の技量に達すると、集中して一刻ばかり上位の者と稽古をすれば十分だと、佐兵衛は日頃言っている。

稽古好きの者は数多《あまた》いるが、

「稽古をこれだけ重ねているゆえ、己が武芸はきっと上達しているはずだ」

などと思い込んでしまい、術の本質を見失いがちである。

それが佐兵衛の信条なのだ。

となれば、お竜の技量は師に認められたことになる。

お竜は静かに喜びを噛みしめ、かつてこの家で女中働きをしていた頃に戻り、

「夕餉《ゆうげ》のお仕度をいたします」

　と、一旦師の前から下がった。

「夕餉など気にするな。帰って仕立屋に戻るがよい」

　佐兵衛がそう言いそうで、返事を待たずに浪宅を飛び出して菜を買い求めた。

　調達の仕方には慣れている。

　いざという時のために貯蔵してあった味噌も米も残っていたので、豆腐、油揚げを買い求め、近くの百姓家からは卵を分けてもらった。

　その帰りに振り売りの魚屋を捕えて、蛤《はまぐり》を仕入れて、酒も五合買って帰った。

　豆腐と油揚げは蛤と小鍋立てにして、煎り卵を拵え、残った油揚げはさっと炙《あぶ》って醤油を落した。

　その間に飯を炊き、味噌汁も拵えた。

　てきぱきと動いて、たちまち夕餉の膳を調《ととの》えたお竜の働きに、佐兵衛は目を細めた。

「そういえば、お竜の飯を食うのは久しぶりだな」

　そして、二合ばかり酒を飲み、どれを食べても、

「うむ、うまい……」

　と、舌鼓を打った。

お竜は再び、この家で心の安らぎを得た。

しかし、この度は食べている時も、飲んでいる時も、いつ敵襲を受けても動けるように、五感五体に緊張を走らせることを忘れなかった。

お竜の心と体の動きは、佐兵衛にはよく見える。

師としては、お竜の成長が嬉しい。

夕餉の掛かりとして金を渡そうとすると、

「それはまたの折にちょうだいいたします。何と申しましても、お金は先生より、あたしの方が稼いでおりますので、お気遣いはご無用に願います」

などと悪戯《いたずら》っぽい笑みを向けられ、

「ははは、確かにそうであろうな。ならば馳走に与《あずか》ろう」

佐兵衛はからからと笑った。

お竜は〝地獄への案内人〟として、分限者《ぶげんしゃ》である文左衛門から、もう既に多額の案内料をもらっていることであろう。

「お金など要りませんと、ご隠居に申し上げるのも思い上がっていると、仕事の度にありがたくちょうだいいたしておりますが、使うこともないので、貯まっていく一方でございます」

お竜は困った顔を見せ、さらに佐兵衛の笑いを誘った。

佐兵衛は上機嫌で、お竜の武芸の上達を、ひとつひとつ評して、

「よくぞ、ここまで鍛えたものだな」

と、感慨深げに弟子を労《ねぎら》ったが、一方ではどこまでも佐兵衛の武芸についていかんとするお竜に不憫を覚えてもいた。

元はおしんという町の娘が、どうしようもない父親と、人で無しの亭主に翻弄され、不幸のどん底に落された。

そして、心ならずも亭主に強いられ悪事に手を染め、そこから逃げ出さんとして人を殺《あや》めてしまった。

自分もまた傷付き、生死の境をさまよったおしんは、佐兵衛によって助けられたものの、罪の意識に嘖《さいな》まれ、生きる気力も意味も失っていた。

そんなおしんを、お竜として生まれ変わらせ、身についた武芸によって、かつての自分と同じように苦しんでいる女を助けることで、生きていく意味を見つけるようにと、佐兵衛は彼女を世に送り出した。

その意図はぴたりとはまり、お竜は隠居の文左衛門の下で〝地獄への案内人〟となって、何人もの極悪人を屠《ほふ》り、哀れな女達の無念を晴らしてきた。

お竜は自分が生きていく意味をそこに見つけていて、井出勝之助《いでかつのすけ》という陽気で能弁な相棒に恵まれ、明るさを取り戻しつつあった。

しかし、いくら罪滅しとはいえ、この先ずっと修羅道に生きていくわけにもいくまい。それではせっかく生まれ変わったというのに哀し過ぎる。

佐兵衛にはそれが気にかかるのだ。

「お竜、お前はもう十分に、己が罪を償《つぐの》うたはず。そろそろ一人の仕立屋の女として、生きていってもよいのではないか」

この度、江戸に戻ってきた理由のひとつは、お竜にこの言葉を伝えるためであった。

「あたしが、一人の仕立屋として」

「いかにも。仕立屋の腕も認められているはず、文左衛門殿にはその由《よし》伝えれば、快《こころよ》う取りはかろうてくれるだろう」

佐兵衛は、ゆったりとした口調で言った。

久しぶりに会う肉親のやさしさに触れているような気がした。

佐兵衛が言ってくれていることはもっともである。

自分の罪はこれで償えたと、師である北条佐兵衛が認めてくれるのであれば、ありがたくその言葉に従うべきであろう。

仕立屋で暮らしていくのも、もう難しくはない。

職人としての腕にも覚えがあった。

だが、お竜は熟考することもなく、

「ありがたいお言葉ではございますが、あたしの心の中では、まだ罪を償った気がいたしておりません。しっかりと体が動くうちは、案内人を続けていきとうございます」

と、応えていた。

「左様か……」

佐兵衛は、さのみ驚きもせず、お竜の返事に頷いた。

お竜は強い自分に目覚め、悪人共を退治することで、人生をぐちゃぐちゃに潰された己が宿命《さだめ》にけじめをつけているのであろう。

そのように彼女の心の内を見すかしていたのだ。

「まだまだ、世に悪人共がはびこっているか？」

「はい」

「そ奴らを討ち平げるには、しばらく間がかかるか？」

「仰《おっ》しゃる通りにございます」

「なるほどのう。お前の気が晴れぬというなら、このまま御隠居に従い、己が武芸を磨くがよい」

「そういたしとうございます」

「それならばくれぐれもしくじるな。おれは果し合いに倒れたとしても、武芸者としての道はまっとうできる。だが、お前は違う。相手を確《しか》と討ち果し、自分は生き延びねばならぬ。また、殺しの場においては、決して姿をさらしてはならぬのだ」

「よく心得ております」

「突き進めば茨《いばら》の道だ。抜け出られぬようにはなるなよ」

「お言葉は、この胸のうちにしっかりと刻んでおきます」

「ならばよい。だが己が存念通りになった暁には、いつでも身を引くがよい。その折はきっと御隠居に申し出るのじゃぞ」

「はい、心得ました……」

お竜は、深々と頭を下げた。

今まで色んな教えを受け、導かれてきた。

だが、この日の師の言葉には、厳しさの中にも、お竜を一人の女として、何とか生かしてやろうという情が溢れていた。

死にそうになっていたお竜を助け、武芸を仕込んで再び世に送り出した。

その様子を見守りつつ、

「そろそろ、お竜として新たな女の幸せを得るがよい」

そう言ってくれる師は、やはりお竜にとってはかけがえのない人であった。

――今宵は、女中奉公をしていた頃に戻って、この家に泊まっていきたい。

佐兵衛の給仕をしながら、お竜はまだまだ師の傍にいて、あれこれ言葉をかけてもらいたいと思った。

女として生きていけというなら、お竜の胸の奥で眠っている女の悦びを、引っ張り出してくれてもよいではないか。

佐兵衛はお竜が仕えた主《あるじ》であり、武芸の師であるが、一夜のめくるめく思い出を共にする男でもあった。

あの夜のことは、

――夢であったのだ。

と、今でもお竜は自分に言い聞かせている。

身もだえをするほど、憎くて憎くて仕方がなかった前夫の影は、佐兵衛に助けられ、武芸の修練に明け暮れても、依然としてお竜の心と体にまとわりついた。

その忌《いま》わしい念を追い出したくて、師に縋《すが》ったお竜を、佐兵衛は一度だけ抱いてくれた。

その刹那《せつな》、お竜を支配し続けた、悪鬼が消え去ったのだ。

佐兵衛はお竜に情をかけた。

そしてその情は決して一時の気まぐれではないと、彼はお竜をひたすら鍛えあげることで、示したのである。

女としては、恋に至らぬ佐兵衛との間柄は寂しくもあったが、それが佐兵衛の何よりの愛情であることをお竜はわかっていた。

わかっていたゆえに、佐兵衛に何を求めるつもりもなかった。

それでもこんな日は、心のたがを外したくもなる。

しかし、佐兵衛にはお竜の心の動きが読めてしまう。

夜もふける前に、

「そろそろ戻るがよい」

と、お竜を突き放したのであった。

「お前はまた、好い女になったゆえに、おられると目障りじゃ」

佐兵衛にしては珍しく、冗談めかした言葉を添えて——。

㈣

新井某という浪人を見かけ、ふとその姿に師・北条佐兵衛を思い出し、真崎稲荷社裏の浪宅へ掃除にいったところ、佐兵衛が帰宅していた。

お竜としては、つくづくと北条佐兵衛との縁《えにし》を覚えた一日であった。

師の許で武芸を鍛え、そこから巣立った後に、初めて夕餉を共にした。それだけでも嬉しかったが、師はお竜の新たな幸せを願ってくれていた。

浪宅に泊まっていきたい想いは実らなかったものの、佐兵衛が自分を一人の女として認めてくれているのが、お竜の胸を熱くした。

だが一日が経ち、熱も冷めて落ち着くと、

「そろそろ一人の仕立屋の女として、生きていってもよいのではないか」

佐兵衛の言葉が思い出されてならなかった。

確かに、〝地獄への案内人〟となってから、お竜は何人もの極悪人を、地獄へ連れていった。

それで助かった女子供もいたし、お竜自身が命の危険にさらされたこともあった。

佐兵衛が言うように、自分は十分に己が罪を償ったのかもしれない。

元締の文左衛門も、そのように思ってくれているはずだ。

「お竜さん、お前さん、幸せにおなりなさい」

予々《かねがね》、文左衛門はそう言ってくれている。

悪人退治をするうちに、浮世にも慣れ、幸せになる手助けをしたことで、己が幸せがどこにあるのか、おぼろげながらに見えてくるだろうと言うのだ。

文左衛門が言う意味はわかるが、お竜にはまだそれが確と見えていない。

案内人として文左衛門の頼みを受けて仕事をこなすと、心が充たされる。

自分が生かされているのはこのためなのだと感じるし、非情な世に対して、己が復讐を果した気がしてすっきりとする。

何といっても、お竜でなければ出来ない仕事があることへの誇りを覚えるのだ。

その誇りは、師・北条佐兵衛に捧げるものである。

まだしばらくは、この暮らしを続けていきたいと、お竜は改めて思っていた。

自分が戦いに生きている限り、佐兵衛との繋がりは絶えまい。

天涯孤独の身となったお竜には、佐兵衛との繋がりが何よりも大事なのだ。

その想いがあるゆえ、自分は文左衛門に請われるままに、〝地獄への案内人〟を務めるのだ。

お竜は気持ちを整理して、次なる戦いに備えていた。

だが、それでもやはり、彼女の心は落ち着かなかった。

ふと自分の、これからの人生について考えてしまう。

立ち止まって自分を見つめ直す——。

人間なら誰にでもあることだが、今までは生きていくことに精一杯であったお竜には、戸惑うばかりの心境であった。

それだけ余裕が出来たと思えばよいのだが、果して自分が人らしく生きていけるのだろうか。

そういう自分が思い浮かばないのだ。

仕立屋稼業は、独りで出来る気楽さがあるが、針と糸を手に生地に向かうと、あらゆる記憶が蘇えり、押し寄せてくる時がある。

大抵はすっきりとした楽しいものではなく、煩《わずらわ》しい日常の出来事であったり、哀しく切ない思い出が浮かんでくるのだ。

仕事に精を出して忘れようとしても、かえって考えてしまう、因果な稼業である。

佐兵衛からの助言に対しては、まだまだ世にはびこる悪人を、地獄へ案内しないといけないので、今は先のことは考えず、これまで通りの暮らしを送りたいと応えた。

それでよいと思いながらも、

――では、いつまで続けていけるのであろうか。

そこへ考えが行きつく。

己が術にかげりが見えた時。

相手に返り討ちにされ、命が尽きた時。

恐らくはこの二つであろう。

いずれにせよ哀しい結末である。

気力、体力、術に限界を覚えた時、それを素直に、自分自身が認められるであろうか。

認められなければ、返り討ちが待っている。

お竜の心は千々《ちぢ》に乱れて、仕立物がなかなかはかどらないのだ。

何故か、新井父娘の姿が浮かんだ。

父はそれなりの人物なのであろうが、凧作りに励んでいるようだ。

絵に才があり、手先の器用さにも生まれつき恵まれているのだろう。

だが、武士としてそういう暮らしが本意なのであろうか。

——本意でなくても、かわいい娘がいる。

娘を育てるため、娘の幸せを守るためならば、凧作りの暮らしに何の不足もないということなのだ。

守るべき者がいれば、お竜も一時裏稼業で金を稼いだとしても、暮らし向きが落ち着けば、すっぱりと人殺しを止め、一人の仕立屋として生きていけるはずだ。

つまり、自分には守ってやらねばならない者がないのだ。

だからこそ、〝地獄への案内人〟に命をかけられるのだ。

隠居の文左衛門の下で、これをまっとうすればよいではないか。

頭の中でこんな想いが堂々巡りを繰り返していた。

——先生は、いつまで江戸に逗留されるのだろう。

もう一度会えば、気持ちも落ち着くかもしれないと思い直し、お竜はやっとのことで仕立物を仕上げて、〝鶴屋〟へ届けた。

店はいつになく客でごった返していて、主の孫兵衛《まごべえ》が、娘のお千代《ちよ》と共に忙しそうに応対していた。

ここでも父娘は仲睦じく、寄り添いながら暮らしている。

お竜は店の賑《にぎわ》いがありがたかった。

こんな時は、さっさと仕立物を渡して引き上げるのが何よりであった。

父娘に温かく迎えられると、またあれこれと物を思ってしまう。

すぐに店を出ると、

「お竜殿、何やら浮かぬ顔をしているな」

井出勝之助に呼び止められた。

何度も共に修羅場を潜ってきた仲間である。

相棒のことを気にかけるやさしさが、勝之助にはある。

しかし、どんなことでもちゃかして笑いとばさんとする癖《へき》があるのが、時として腹立たしい。

「まあ、色々と悩みは尽きぬが、どんな時でも笑顔を絶やさぬことじゃな。そうでないと、幸せが逃げていくというものや。気ィつけなはれ。はははは……」

などと言われると、どうも頭にくる。

「幸せねえ……」

せめてもの抵抗を示さんと鼻で笑って、お竜はすたすたと歩き出した。

勝之助はそれが気になったか、

「なんや、愛想なしやなあ……」

と、後をついて歩いてきた。

煩しくはあれど、お竜は数少ない仲間の勝之助に、

「勝さんの言う、幸せとは何なのさ」

問うてみた。

「そういうたら何やろなあ」

自分で言っておいて応えに詰まる。

まったく好い加減な奴だと腹が立つものの、そういう勝之助の愛敬は、お竜におかしみを与えてもくれる。

「まあ、そうやなあ。食うに困らず、金にも困らず、女にも困らず、あほなことを言うて暮らせたら幸せやな」

「そんなら勝さんは、今のところ幸せなんだねえ……」

「ああ、あんまり欲はかかんこっちゃ」

お竜は、長屋の裏塀の前で立ち止まり、

「でも、ずうっと幸せってわけにはいかないのでは？」

低い声で言った。

「まあ、そうかもしれんな」

「いつまでも、案内人の仕事はできないでしょうからね」

お竜は今の自分の想いを、さらりと勝之助にぶつけてみた。

「そらまあ、八十になったらできんわなあ」

勝之助はからからと笑った。

——八十まで生きるつもりなのか。

訊くだけ無駄だったと思ったが、もう少し付合ってみようと、

「で、案内人から身を引いたら、何をして暮らすんです？」

「そうやなあ。何も考えてへんけど、〝鶴屋〟の連中に剣術でも教えて、やっぱりあほなこと言うて暮らすわ。まず、追い出されはせんやろ」

「誰かと所帯を持つつもりは？」

「それはないやろな。仕立屋、とにかく笑うのは忘れんようにな」

あれこれ言葉をかわすうちに、勝之助の気は晴れたらしい。

彼は踵《きびす》を返して、〝鶴屋〟へ戻った。

——やはり訊くほどのことではなかった。

お竜は、勝之助の後ろ姿を見送りながら苦笑した。

勝之助は、一生独り身で生きる決意を飄々《ひょうひょう》と語った。

お竜もその想いでいるが、勝之助には気負いがない。

彼は、〝地獄への案内人〟から身を引くことも考えているようだが、

「そんなものは、その時がけえへんかったらわからへんがな」

どっしりと構えている。

そして、〝鶴屋〟の店の者達に、剣術の手ほどきでもして暮らすと言う。

考えてみると、剣客として修行をした勝之助は、案内人から身を引いても、再び剣客に戻ることが出来るのだ。

お竜は、北条佐兵衛に武芸を習ったとはいえ、案内人を辞めてしまえば、女武芸者に今さらなることは出来まい。

彼女の武芸は正統なものとは言えない。

ただ的を仕留めるための殺人技である。

こんなものを人に伝えるわけにはいかない。

佐兵衛とお竜は、師弟であっても、武芸一筋に生きる佐兵衛の名を汚してはいけないから、堂々と人に〝北条先生の弟子〟とは名乗れない。

そうなると、ただの仕立屋である自分は、やがて佐兵衛との縁も断たれてしまうであろう。

そこが寂しくて空《むな》しいのだ。

お竜には、勝之助のように浮世を楽しむ術《すべ》がない。

それも男と女の違いゆえか。

であるとすれば、女は何とつまらぬものか――。

そんな話を勝之助にすれば、

「何を言うてるのや。女には女の浮世の楽しみ方があるはずや。そないに思いつめてたら道は開けへんで」

などと言うだろう。

人は楽しみを見つけることに執念を燃やす生き物である。

ところが、執念を燃やそうにも、戦うことにしか生き甲斐を見出せない自分に気付き、お竜はいつになく苦悩しているのだ。

そんな折に、元締・文左衛門から、新たな案内の依頼がきた。

(五)

「相手は、石井勾当《いしいこうとう》と、その用心棒・免田道次郎《めんだみちじろう》です」

お竜と勝之助を隠宅に呼ぶと、文左衛門は地獄へ案内すべき相手を静かに告げた。

「石井勾当……」

「その名は聞いたことがござる。盲人で箏曲《そうきょく》の師匠とか」

「はい。その陰で金貸しをしていますが、これがまた阿漕《あこぎ》でしてな」

勾当というのは、検校《けんぎょう》、別当《べっとう》の下に位置する、盲人の位である。

盲人は、按摩《あんま》や鍼灸《しんきゅう》で方便《たつき》を立てたり、音曲の師匠になる者もいた。

そして、官位を得られるようにと、高利での金貸しが認められているので、その特権を利用して随分と悪辣《あくらつ》な手段を用いて金貸しをする者もいた。

正《まさ》しく石井勾当がそれである。

小身の旗本や、御家人に金を貸し、厳しく取り立てて、返せぬとなれば婦女子を差し出させて手込めにしたり、武家娘を好む〝好き者〟相手に身を売らせたりした。

その非道ぶりは、もはやお竜と勝之助が調べるまでもない事実で、文左衛門は既に安三を動かして、地獄へ案内してやらねばならない男だと認定していた。

内密に処理されているが、今までに三人ほどの娘が、世をはかなみ自ら命を絶っているのだ。

これに手を貸す用心棒の免田道次郎は、血も涙もない男で、刃向かう者は手足を叩き折り、死に至らしめたことも一度や二度ではない。

「酷《ひど》い男ですねえ」

お竜はいつになく腕が鳴った。

「引き受けてくれますね」

文左衛門は威儀を正した。

お竜は畏まってみせた。

「盲《めし》いた者を手にかけるのは、いささか気が引けますが、元締がそのように申されるのであれば、是非に及びませぬ」

勝之助は、彼らしいやさしさを覗かせたが、

「それが、石井勾当というのは、どうやら目明きのようでしてな」

文左衛門は渋い表情を浮かべた。

「何と……」

お竜と勝之助は呆れ顔をした。

石井勾当が、自らの慰み者に差し出させる娘は、いずれも瓜実顔《うりざね》の縹緻《きりよう》よしで、どう考えても石井勾当が、己が好みの娘を選んでいるとしか言いようがないらしい。

金銭の額を、手に握らぬままに言い当ててみたり、

「あのお人は、間違いなく目が見えているに違いない」

と、既に噂は広まっているのだという。

「あたしが勾当を始末いたしましょう」

お竜はこともなげに応えた。

「そうやな。おれが用心棒を仕留める。その間に仕立屋がいかさま勾当を始末する……。というところやな」

勝之助がそれに合わせた。

仕事に先立って、お竜と勝之助は石井勾当と、用心棒の道次郎の立廻り先と、

その面体《めんてい》を検《あらた》める。

あとは二人で相談して、始末する日取りを決めることになった。

しかし、文左衛門には一抹の不安があった。

「気をつけてもらいたいのですが、石井勾当は、貧しい旗本、後家人に金を貸しているだけでなく、性質《たち》の悪いやくざまがいの商人にも金を貸しているようでしてな」

こういう怪しい連中が、勾当の周りをうろうろしていると考えられる。

敵味方が入り交じっているとなれば、仕事にかかる間に、どんな騒ぎに巻き込まれないとも限らない。

こちらが手を出さずとも、誰かに殺されてしまうかもしれない。

また、思った以上に強い力で守られているかもしれない。

そこがよく見えてこないのだ。

「いやいや元締、おかしな連中が絡んでいるのは、毎度のことでござるよ」

勝之助は一笑に付して、

「拙者と仕立屋がかかるのですから、何の心配もいりませんよ」

即座に応えた。

　文左衛門は、笑みを浮かべて、

「確かにそうでしたな。今までも色んな手強い相手がおりましたから」

　と、頭を掻いた。

　楽な仕事などなかった。

　これまでも何度か二人は、危ない目に遭ってきた。

　人の命をもらい受けるのだ。向こうも殺されたくはないから、必死で反撃してくる。

　その隙を与えないのが案内人なのだが、何が起こるかわからない。

　石井勾当という男には謎が多く、深い闇を抱えているように見える。

「それゆえ、どうも気になりましてな」

「元締がそう申されるのだ。仕立屋、ここは気を張っていかぬとな」

　勝之助が言うので、お竜は神妙に頷いてみせた。

　目明きの勾当で、財を成しているのだ。

　一筋縄ではいかない相手であるのは間違いない。

「腕は磨いておりますので、きっちりと地獄へ案内してやりますよ」

　お竜は力強い言葉で文左衛門に応えた。

つい先日、北条佐兵衛に稽古をつけてもらって、お竜は充実を覚えていた。

あれから佐兵衛の浪宅には行っていない。

お竜の武芸はひとつの高みに達している。徒に稽古をしても、満足を覚えてしまうだけで、かえって隙が生まれるものだと、師に言われると行き辛かった。

「お前はおれの言っている意味がわかっておらぬのか」

などと叱責を受けるような気がするのだ。

それに、佐兵衛が何か理由があって江戸へ戻って来ていたのならば、お竜が行くことでその妨げになるかもしれなかった。

お竜は、文左衛門に佐兵衛が帰っているのを知っているのか訊ねてみようと思っていたのだが、その前に案内の依頼を受け、何も言えぬままで話を終えた。

「これでお願いします……」

文左衛門は、お竜と勝之助の前に二十両ずつ案内料を置いた。

お竜は金を収めながら、このところの落ち着かぬ心を、石井勾当を始末することで鎮めてやろうと、気合を高めていた。

㈥

その翌日から、お竜と井出勝之助は動き始めた。

まず、石井勾当の住まいの周辺を、何度も変装をして見廻った。

住まいは四谷の鮫ヶ橋坂《さめはしざか》にあると、既に文左衛門は調べをつけていた。

文人墨客が住まうような、風情のある庵《いおり》のような佇《たたず》まいで、なかなかに立派な家であった。

離れの一室に、件の用心棒・免田道次郎は住みついている。

勾当の身の周りの世話は、箏曲の弟子の若者と、下女が一人でこなしていた。

といっても、勾当は日頃からあまり傍へ寄せつけないようだ。

身の周りの世話といっても、彼は目明きであるから手がかからない。

それでも、表向きは盲いているということになっているから、弟子も女中もそのように接している。

もっとも、周囲では皆、石井勾当はその実《じつ》、目が見えていると思っているくらいだから、弟子と女中も察しているのかもしれないが、彼らはあくまでも盲人として仕えている。

石井勾当は奥まった八畳間で、時に好みの娘を毒牙にかけている。

そのような折は、まったく見て見ぬふりに徹するわけだが、さぞや煩しいことであろう。

免田道次郎は、勾当の外出の折は、そっと付き添っている。

勾当は弟子に手を引かれて道行くのだが、ほとんどは駕籠《かご》を使うので、歩いているのはほんの一時だけである。

勝之助は、門付《かどづ》けの浪人、文人風の浪人、武家奉公人の姿となって、注意深く道次郎の動きを見ていた。

いつもながらに、勝之助の隠術《しのび》は大したものである。道次郎に悟られず、様子を窺っていた。

お竜も、道次郎に鋭い目を向けて、彼の強さを量った。

ある時は物売りとなり、またある時は商家の女中姿で接近を試みたものだが、

「勝さん、相当剣を遣うと聞いているが、大したことはなさそうだねえ」

勝之助と密かに値踏みをすると、

「仕立屋もそう見たか。近寄っても殺気がない。というて、殺気を消しているほ

どの手練れでもなさそうな」

お竜と同じ見方をしていた。

石井勾当は金の力で人をがんじがらめにしているうえ、位のある盲人にはそもそも手出し出来るほどの者はいない。それゆえ用心棒といっても、弱い者を苛《いじ》めていればよいだけの存在なのであろう。

それくらいの相手であれば、勝之助一人で十分である。

石井勾当の行動から考えると、外出の折には弟子が付いているし、駕籠に乗っているのがほとんどとなれば、そこを狙うのは難しい。

弟子と駕籠舁《か》き二人を追い払い、用心棒の逆襲を返り討ちにして、さらに勾当を討たねばならないからだ。

どうしても人目についてしまうし、弟子と駕籠舁きを巻き込んでしまう恐れもある。

「仕立屋、やはり勾当の家で狙うしかあるまいな」

勝之助が道次郎を外へおびき出し、地獄へ送る。

お竜は同時に家へ忍び込み、奥まった部屋にいる勾当を音もなく殺して逃げる。

これが最良の策だと決まった。

文左衛門はすぐに、石井勾当の住まいの構造を探ってくれた。

そもそも勾当の家は、とある材木問屋の隠居が建てたものらしく、文左衛門がそれを調べることは容易《たやす》い。

勾当の家に出入りしている者にも手を伸ばし、たちまち見取図が出来上がった。

お竜と勝之助はこれを頭の中に叩き込んでしまうと、さらに勾当の動きを探った。

ここ一番というところで、勾当が不意の外出などをすると、段取りが狂ってしまうからである。

しかしその間にも、石井勾当が免田道次郎一人を伴い、四谷《よつや》伝馬町《てんまちよう》の紅屋《べにや》へ出向くところを見た。

どうやらそれは借金の催促のようだが、表向きは娘の箏曲の出稽古らしく、勾当が入ってしばらくすると、琴の音が外まで聞こえてきた。

娘が弾いていると思われるその音色は、何やら調子外れで、乱れている。

やがて琴の音が止むと、お竜は店の裏手に張りついて聞き耳を立ててみた。

すると、うら若き娘が噎《むせ》び泣くのが聞こえてきた。

表に廻った井出勝之助は、店の主夫婦が憔悴《しようすい》した様子で、勾当を送り出すのを見た。

それから察するに、勾当は借金の形《かた》に娘を押さえ、引導を渡したと思われる。裏を取ってみると、紅屋はざる大名家に品を大量に納めるに当って、当座の仕入れの金が足りず、石井勾当に借金をしたらしい。ところが、大名家からの払いが滞り、その借金が返せなくなり、勾当が取り立てに出たようだ。

そもそも石井勾当は箏曲の師として、紅屋に出入りしていたのだが、

「お金に困るようなことがあれば、いつでも言ってください。多少は御用立てできましょう」

などと、親切ごかしに言っていた。

しかし甘言に誘われて借りてみると、そこからが地獄であった。

「まあ、念のため証文だけは、交わしてもらいましょう」

あくまで形だけだと言わんばかりで、疑いもなく印判をついてしまった紅屋の夫婦であったが、期日がくると、石井勾当は態度を一変させた。

「それは困りますよ。あなたも商いのために借りた。わたしも己が暮らし向きのために金貸しをしている。払えないというのならお店をいただきますよ」

すのだ」

と、迫ったのだ。

紅を納めた大名家に伺いを立てると、

「いつ何刻《なんどき》に払うとは取り決めてはおらなんだはず。きっと払うゆえに待てと申すのだ」

怒気を込めて返された。

そして相手は、のらりくらりと払いを引き延ばすのだ。

恐らくこれは、石井勾当と大名家の勘定方が謀《はか》り、紅屋を罠に陥れたのに違いない。

大名家は紅屋の借金返済の期日が少し過ぎたくらいで払うと応え、勾当は、

「それならまあ、その日まで待つといたしましょうか」

紅屋の都合に合わせてやると、恩着せがましく言ったが、高利の利息は取るつもりであるし、

「今度、娘ごをわたしの元へお預けなさい。わたしがみっちりと箏曲の指南をいたしましょう」

という条件をつけた。

これは、人身御供《ひとみごくう》に娘を差し出せという、露骨な要求であった。

その娘の容姿を窺い見ると、果して瓜実顔の縹緻よしである。

目が見えぬ箏曲の師匠ゆえに、親も安心して出稽古を願ったのであろうが、このいかさま勾当は、目が見えぬ風を装い、時には娘の手に触れたりしながら、いやらしい目で見ていたのであろう。

お竜はそれを思うと虫酸《むしず》が走った。

「娘が人身御供になる前に、奴の息の根を止めんといかんな」

勝之助も、お竜と同じ想いであった。

彼もまた、紅屋の親のやるせない表情をまのあたりにしていたし、その後、娘の啜《すす》り泣く声も聞いていたのだ。

親のため、奉公人のため、店のために慰み者にならんと決意を固めた娘が、憐れで仕方がなかった。

文左衛門が言うように、石井勾当にはよからぬ連中との付合いもあると思われる。

鮫ヶ橋坂の家には、時折、人相風体がよろしくない連中が訪ねてきていた。

石井勾当は、金で恨まれたり、財を狙われたりするのを防ぐために、日頃から裏稼業を持つ連中に金を回し、身の安全を図っているらしい。

とはいえ、こういう連中が夜に家にいることはない。

家には用心棒がいるし、まさか危険を冒して自分を殺す者などいないと、高を括っているのであろうか。

「そこが狙いやな」

勝之助が嘲笑《あざわら》った。

自分を狙うような連中には、金で楔《くさび》を打ち、石井勾当がいなくなれば、金の流れのひとつが止まってしまうと思わせる。

利に聡《さと》い連中は、わざわざ得にならないことはしない。

しかし、それと同時に、わざわざ危険を冒してまで、石井勾当を守ってやろうともしないはずだ。

そして、世の中には文左衛門のような、自分には何の得にならずとも、世のために生かしておいてはならぬ者を、己が身銭を切ってまで退治してやろうという、侠気《おとこぎ》溢れる者がいるなどとは、

「ふふふ、露ほども思うてへんはずや」

それゆえ難しい仕事ではないと踏んでいるのだ。

「ましてや、おれと仕立屋ほどの腕を持つ者がいるとは考えられまい」

お竜も、勝之助の洞察には大いに納得出来る。

紅屋の娘が、石井勾当を訪ね、箏の稽古をつけてもらうのは、三月の五日になったと知れた。

それは諸々《もろもろ》知れた時から三日後のことである。

であれば、前日の四日に仕留めてやろうと、お竜と勝之助は決めた。

勾当の家には、時折、夜伽《よとぎ》の女が雇われて訪ねているが、その日に予定はない。

勾当も五十手前である。

好色であっても、これと狙った娘をものにする前日に、気力体力は使わぬようにしていると見える。

「ははは、そんな精進も、みな無駄にしてやるわい」

「勝さん、腕が鳴りますねえ」

そして、いよいよその時がきた――。

㈦

お竜は朝からどうも落ち着かなかった。

北条佐兵衛と再会する前後で、妙に自分の先行きについて考えさせられた。

とどのつまり、まだまだ〝地獄への案内人〟として、理不尽な仕打ちを受けてきた女達の復讐を担ってやろうと思ったわけだが、この度の仕事が、あらゆる迷いを吹きとばすものであらねばならなかった。

相手はこれまで屠った中でも、悪辣さにおいては突出した石井勾当である。

お竜の心は奮い立っていた。

それが気負いとなって落ち着かないのなら、案内人としては困りものである。

お竜は、殺しの職人に徹するべく、平常心を取り戻さんと腐心した。

——いつもの暮らしを送ればよいのだ。

朝から飯を炊き、物売りから蜆《しじみ》を買い、味噌汁を拵え、干物を炙って大根の漬物を添えて朝餉をとった。

飯がすむと道具を並べ、針と糸を手に黙然と裁縫に時を過ごす。

昼になると茶漬けで軽く中食《ちゅうじき》。そしてまた仕立物にいそしむ。

日が暮れてくると、朝に拵えておいた握り飯に醤油で味を付け、こんがりと網で焼く。朝、買っておいた野菜と豆腐、油揚げなどを味噌汁に放り込んで夕餉とする。

小ぶりの茶碗に一杯の酒を注ぎ、ちびりちびりと飲んで己が心身をほぐす。

それが済むと、今宵の得物《えもの》に使う二つの小刀を研いだ。

研ぎ終ると、それを両手に持って、自分で編み出した型を静かに繰り返し体に馴染ませると帯に仕込んだ。

そして料理屋の女将《おかみ》のような、小粋な出立ちに御高祖頭巾《おこそずきん》を被り、裏の小庭の垣根をひょいと越えると、人知れず外へ出た。

薄闇が辺りを覆っていた。

路地の向こうに目をやると、刀を落し差しにした着流しの浪人が、ゆったりと佇んでいた。

井出勝之助である。

二人は頷き合うと、付かず離れず、四谷を目指して歩みを進めた。

鮫ヶ橋坂は、広大な武家屋敷街と町家の間を走っている。

坂を上ってすぐ西へ入ったところに、石井勾当の家はある。

そこまで二人は黙々と歩いた。

仕事の日は鼻緒を新しい物にすげ替えておく。

いざという時は足袋跣足《たびはだし》になるゆえ、足袋も裏に目立たぬように革を張ってあった。

こういう細工も仕立屋ならではのもので、お竜は仲間の勝之助の足袋にも工風を施してあげている。

ただ歩いているだけではない。

二人は共に速歩術を会得している。

人気《ひとけ》のないところでは、小走りくらいの速さで歩き、人の通行が多いところでは、ゆったりと歩く。

芝口橋《しばぐちばし》を渡ると、溜池沿いの桐畑と呼ばれる土手道を西へ、赤坂を抜けて鮫ヶ橋坂へと出た。

その頃になると、すっかり夜はふけていた。

お竜と勝之助は、物持ちの浪人とその情婦《いろ》といった風情を醸《かも》しつつ坂を上った。

一人歩きよりも怪しまれずにすむ。

夜ともなれば、お竜が手にする提灯は足下を照らし、二人の顔は端《はた》からほとんど見えない。

忍び歩きの男女は、遂に石井勾当邸の裏塀へ、音もなく迫った。

文左衛門の手による見取図では、裏手の木戸から入ったところに、用心棒の免田道次郎が寄宿する離れ家がある。

勝之助はお竜にひとつ頷くと、塀の外からそれに向けて小石を投げ込んだ。

小石は、道次郎の部屋の濡れ縁に音を立てて落ちた。

「勾当も吝《しわ》い男よ。用心棒がおれ一人では、おちおち寝てもいられぬ……」

道次郎は不満を口にしながら酒を飲んでいるところであった。

確かに石井勾当は吝嗇《りんしょく》ではあるが、道次郎にはそれなりの金を与えている。

その中からやりくりして、己が手下を雇えばよいものを、

「なに、某がいれば何の心配も無用にござるよ……」

などと嘯《うそぶ》き、勾当の悪事に加担して、己が凶暴ぶりを世間に見せることで、威勢を揮ってきたのである。

勾当も、免田道次郎の腕がいかほどのものかはわからぬゆえに、

「まずあの暴れぶりを見れば、まさか襲ってくる者もおるまい」

と、気にも留めていなかったのだ。

そして、この日、道次郎は部屋の外で、何かが落ちた音を聞いたのだ。

さすがにこれは放ってはおけない。

「何だ……」

道次郎は、障子戸を開け庭を見た。

しかし、そこには誰もいなかった。

それでも濡れ縁に小石が落ちているのを確かめ、外から何者かが投げ込んだものだと察した。彼も酒にだらしなく酔っていたわけではない。

用心棒としての仕事は、決して疎《おろそ》かにしていなかった。

道次郎は刀を手に、庭へ下り立った。

今宵は夜風がやけに暖かかった。

すると、また小石が外から投げ込まれた。

「おのれ……」

何者かが、ここが誰の家かも知らず、悪戯で石を投げ込んだに違いない。

——そんなたわけ者には思い知らせてやらねばならぬ。

まさかこの庵に、屈強の用心棒がいるとも知らず、くだらぬことをするから痛い目に遭うのだと嘲笑い、道次郎は残虐な表情を浮かべて、裏木戸を開けて外を見た。

だが、辺りには誰もいなかった。

酔っ払いが悪戯に投げ込んだものの、何やら恐くなって逃げ去った。そんなところかと思ったが、

「忌々《いまいま》しい奴めが……」

道次郎はからかわれたとは腹立たしいと、夜の徒然《つれづれ》に見つけ出して半殺しにしてやろうと、前へ出て闇を探った。

裏塀の外は空き地で、小さな雑木林が路地を挟んで広がっている。

その中から、酔態の浪人がふらふらと出て来て、

「やや、これはこれは、もしや某が遊びで投げた石ころが、御当家へ飛び込みましたかな？」

などと、惚《ほう》けたことを言う。

やはり悪戯で石を投げた者がいて、それがこ奴かと思えば、道次郎の怒りは沸き立った。

「ふざけたことを申すな。こんな夜に、何ごともなく裏木戸の外へ出る者があるか」

彼は絞り出すような怒気を孕《はら》んだ声で、浪人を威嚇《いかく》した。

「やはり左様か……。それは申し訳ござらぬ。いやしかし、某ははるか向こうで石を投げたと申すに、ほんによう飛んだものじゃのう……」

しかし、浪人は悪びれることなく、笑みを浮かべた。

この浪人が、井出勝之助であるのは言うまでもない。

この男は、相手を本気で怒らせることにかけては天才である。

「おのれ……。このおれを愚弄いたすか……」

道次郎は、勝之助に激昂して唸り声をあげた。

人は腹が立ち過ぎると、かえって大声が出ないものだ。

それが勝之助の狙いなのだ。

「ひらに、ひらに御容赦くださりませ……」

勝之助は一転して、平謝まりに謝まった。

唸り声の次は、雄叫《たかぶ》びをあげんとする相手の間を読んでいた。

一瞬、道次郎の昂りは収まり、この先はたっぷりとこ奴をいたぶってやろうという、この男が持つ凶暴な本性に支配されていく。

道次郎は、恐れ戦《おのの》く勝之助に、じりじりと迫り、

「勘弁ならぬ……。おのれ、まずそれへ直れ」

ぐっと睨みつけた。

ところが、怒りのあまり板塀の角から俄《にわか》に現れた一人の女が、裏木戸へ歩みを進めるのに気付くのが遅れた。

この女は、お竜である。

お竜は、堂々たる足取りで開いている裏木戸から中へと入った。

「うむ……？」

道次郎は首を傾《かし》げた。

女の態度が堂々としているゆえ、今宵は勾当が、女を呼んでいたのかと思ったのだ。

だが、そんな話は聞いていない。

道次郎は振り向いて、

「おい……」

と、呼び止めんとしたが、勝之助が刀の鯉口を切る音を覚え、はっとして己が刀に手をかけ、飛び下がって勝之助に対峙せんとした。

この辺りは、さすがに戦い慣れているというべきだが、抜き合わさんとした時には、さっと前へ出た勝之助は既に抜刀していた。

「うッ……」

道次郎の動きが止まった。

己が刀を抜けぬままの道次郎の腹に、勝之助の一刀は深々と突き刺さっていた。

「聞こえるか？　お前にいたぶられて死んでいった者の声が……」

勝之助は、刀を刺したまま道次郎の体の向きを変えて、そのまま雑木林の方へと押し出し、刀を腹から抜くと、繁みの中へと蹴り込んだ。

既に、お竜の姿は石井勾当邸の中へ消えていた。

(八)

――風情のないところだ。

お竜は舌打ちをした。

勾当の住まいというから、琴の音くらい聞こえてくるのかと思っていた。

音が鳴れば、それだけこちらの音も悟られまい。

悪い奴でも、好い音曲を奏でるのかもしれない。

そ奴を闇に葬るのは多少気が引けるが、所詮極悪人が奏でる音など、邪悪な響きしか出ないはずだ。

――二度と、琴にも娘にも手を触れられないようにしてやる。

お竜は決意を固めて、庭を進んだ。

見取図は完璧に頭の中に入っている。

勾当がいる奥の一間は、離れ家から庭を挟んだところにあり、その反対側も庭になっている。

ちょうど張り出した状態で、行灯《あんどん》の明かりがぼんやりと庭に淡い光を与えている。

それへと進みつつ、お竜は草履を脱いでぐっと胸許に差し入れた。

後は足袋跣足となって、慎重に勾当がいる一間へと近寄った。

内弟子と女中は、各々自分に与えられた部屋にいるらしい。外から見廻ると、台所の脇の一間と、表の出入り口の脇の一間から、ぼんやりと明かりが漏れている。

夜は勝手に寝ていろと、二人は予々言われていることも、既に調べがついている。

何か用がある時は、大声で呼ぶし、用心棒が目を光らせている。

おまけに目は見えているとなれば、夜のひと時は何者にも邪魔をされたくないのであろう。

そのひと時に、女を抱くか、金勘定をするか、新たなる悪巧みに想いを馳せるか、時折思い出したように箏曲を奏でるのだ。

植込みの陰から、石井勾当の影がくっきりと障子越しに見えた。

耳を澄ませると、〝チャリン〟という音がする。

人を泣かし、暴利を貪《むさぼ》った金を数えているのであろう。

金の顔を眺めると、金と別れ辛くなり、さらに仲間を増やしてやろうと意欲が湧くようだ。

真にいじましいものだ。

お竜はひとつ息を吸い込んだ。

これを吐くのは、部屋へ飛び込み、息の根を止めて、そのまま一気に立ち去る時である。

帯に隠し持った小刀を二つ、お竜は手に持った。

——いざ！

心の内で気合を入れたその時であった。

石井勾当の影が揺れ、呻《うめ》き声が聞こえた。

「うッ……！」

お竜もまた低く唸ると、部屋へ飛び込んだ。

つい今しがた、井出勝之助が免田道次郎を仕留めるところを覗き見た。

何があろうと、勾当を始末しなければならないのだ。

——まさか。

勾当の呻きは、彼がお竜以外の何者かに殺害されたものであった。

部屋へ入ったお竜は、黒い影が勾当を太刀で刺し貫いているのを見た。

その影もまた、驚いてお竜を見た。

黒い影は浪人風の男で、顔を半分布で覆っていたが、鋭い眼光とその手並は、明らかに玄人《くろうと》の殺し屋に違いない。

浪人は、勾当の体から刀を抜くと、小刀を両手に構えるお竜と対峙した。

しかし浪人もまた、お竜が勾当を狙いに来た女と、見て取ったのであろう。

ここでやり合う愚を避けて、お竜が侵入した障子戸と反対側の戸から庭へ出て、たちまちその向こうの塀を飛び越えて姿を消した。

お竜はその姿を見送った。

庭の大石に足をかけ、たちまち跳躍して塀を越えたのはただ者ではない。

お竜もすぐに件の裏木戸から表へ出て、駆け去った。

どこからか井出勝之助が現れて、お竜に並走した。

お竜の険しい表情を見てとって、

——新たな敵が現れたのか。

と思ったのだ。

「仕立屋……。的は……?」

駆けつつ勝之助が問うた。

「死んだ……。あたしが手を下すまでもなくね……」

　さすがのお竜も、舌がもつれた。

「何やて……」

「ご同業と鉢合わせた」

「顔を見られたか？」

「恐らく……」

「相手の面《つら》は？」

「ぼんやりと……」

「ひとまず戻るぞ」

　勝之助も動揺は隠せず、心を落ち着けるためにひたすら駆けた。

　鉢合わせした浪人の顔は、ぼんやりとしてわからないと言ったものの、お竜は確信していた。

　浪人は、凧作りの新井某という武士に違いないと――。

　風が吹きすさび桜の花片を散らしお竜と勝之助の足跡を消していく。

　――先生、しくじってしまいましたよ。

　お竜は駆けつつ、北条佐兵衛に語りかけていた。

四、師弟

㈠

「さすがは先生だ。この度もまた、お見事でございました」

団右衛門《だんえもん》は、穏やかな表情に笑みを浮かべて、金子《きんす》を差し出した。

金子は革袋に収められている。

ずしりとした重みがある。二十両は下るまい。

「小判と小粒を取り混ぜてあります」

日頃の暮らしに小判など使うことはない。

今日、すぐにでも使えるようにという配慮であった。

清河屋《きよかわや》団右衛門——。

松枝町の料理屋〝清河屋〟の主《あるじ》であるが、それは表向きの顔。その実体は、牛込一帯に睨みを利かす、香具師《やし》の元締である。

ふくよかで、やや目尻が下がった顔立ちは、落ち着いたやさしげな風情《ふぜい》を醸している が、それは彼が四十数年生きてきて会得した処世術によって成されたものである。


その仮面の奥には、邪悪な本性が潜んでいるのだ。

団右衛門が差し出した革袋の向こうには、新井邦太郎《あらいくにたろう》が端座している。

仕立屋のお竜《りゅう》が、以前から気になっていた件《くだん》の浪人で、お竜が地獄へ案内するはずの極悪人・石井勾当《いしいこうとう》を、彼女の目の前で見事に葬り去り、瞬時に姿を消した凄腕の殺し屋であった。

邦太郎はこの日、石井勾当殺しの完遂を報《しら》せに、〝清河屋〟の一間《ひとま》に来ていたのだが、

「やはり、新井先生は頼りになるお方でございます」

先ほどから、団右衛門がいくら誉めそやしても、硬い表情を崩さず、にこりともしなかった。

邦太郎が、石井勾当を殺害したのは、団右衛門からの依頼であることは、疑いもないが、邦太郎にとっては本意でなかったようだ。

「免田道次郎《めんだみちじろう》という用心棒も、一突きにして雑木林に放り込んで、あの人でなしの勾当を……。ほんに大した手際ですねえ」

団右衛門のこの言葉に、邦太郎の口許が少し歪んだ。

邦太郎は、勾当一人に狙いを定めていた。

もし、邪魔に入れば斬るつもりでいたが、団右衛門から頼まれたのは、石井勾当を屠《ほふ》ることであった。

殺さずにすむなら、用心棒を相手にするつもりはなかった。

しかし、清河屋団右衛門以外にも、石井勾当を狙っている者がいた。

しかも、その刺客は女であった。

もしも男であれば、その場で一戦交じえたかもしれないが、敵の敵は味方である。

勾当さえ殺せば、団右衛門との約束は果せたことになる。

その場に留まらず、すぐに姿をくらましたのである。

だが、殺し屋は用心棒を外へおびき出し、これを仕留めてから、勾当を狙わんとしていたらしい。

女の他にも仲間がいたのかもしれない。

いずれにせよ、団右衛門が用心棒を殺したのも、邦太郎だと思うのは無理もない。

「用心棒は某《それがし》の仕業ではない」

と、言ってもよいのだが、そんな話をしたところで、団右衛門が騒ぐだけであろう。

殺した数が一人増えるのは本意ではないが、勝手に思わせておこうと思ったのだ。

「さあさあ、先生、まずお礼を収めてくださいませ」

団右衛門は、出した金子を受け取ってもらいたいと勧めた。

しかし、邦太郎は頭《かぶり》を振った。

「金は要らぬ」

「いや、そういうわけには参りません」

「某が、目明きの勾当を手にかけたのは、彼《か》の者が生かしておいては人の為にならぬ輩《やから》と知ったゆえ」

「しかし、お願いしたのは、わたしでございます。受け取っていただかないと困ります」

「いや、もらえばこの度もまた、おぬしに雇われて人を殺《あや》めたことになる」

「いけませぬかな？」

「おぬしへの借りは、これで返した。今は暮らし向きにも窮してはおらぬ。この上は、某に近付くのはやめてもらいたい」

「ははは、これはまたつれのうございますな。こうしてまた、お会いできたのです。そう言わずに誼《よしみ》を結ばせてくださいませ。悪いようにはいたしませぬ……」

団右衛門は、穏やかな表情を崩さず、さらに金子の入った革袋を勧めたが、

「とにかく、約定《やくじょう》は果した。御免……」

邦太郎は、団右衛門の誘いに応じぬままに席を立ち、〝清河屋〟を後にしたのであった。

(二)

石井勾当を狙ったものの、間が悪く他の刺客と鉢合わせをして、獲物を攫《さら》われてしまったお竜は、眠れぬ夜を過ごした。

共に逃げ去った井出勝之助《いでかつのすけ》と別れ、無事に〝八百蔵長屋《やおぞうながや》〟へ戻ったものの、落

ち着いてはいられなかった。

何がさて、元締の文左衛門《ぶんざえもん》に案内料を返さねばなるまい。そして、不首尾を詫びねばならなかった。

「仕立屋、あれこれ話は明日にしよ。繋ぎを取るさかいに、気をつけや……」

別れ際に勝之助はそう言った。

日頃は惚《ほう》けて冗談ばかりを言っている男が、やたらと頼もしく思えた。

もちろん、勝之助がいざという時は、恐るべき剣技を発揮し、極めて冷静沈着に的を仕留める力を持っているのはわかっている。

しかし、思わぬ事態を迎えた時、

――やはりあたしも女なのだ。

と、つくづく思ってしまった。

女ゆえに、相手は一瞬戸惑う。

「その一瞬が、お前にとっては何よりの攻める好機となろう」

師・北条佐兵衛《ほうじょうさへえ》はそう言った。

つまり相手と同じ技量があれば、初めて立合う時は、お竜の方が既に有利であると佐兵衛は断じるのだ。

しかも、お竜の使命は相手を確実に屠ることである。

正々堂々、正面から立合うわけではない。

それゆえ、今のお竜の技量があれば、

「まず後《おく》れをとりはせぬ」

と、佐兵衛は認めてくれている。

何度か冷やりとしたものの、お竜は佐兵衛が言う通り、確実に相手を地獄へ送ってきた。

極悪人を殺すのだ。手段など選ぶ必要もない。

そして、今度の殺しは、確実に仕留めることが出来る相手であった。

そこに油断があったのであろうか。

勾当を今一人の男が狙っているとは気付かなかった。

ここぞと飛び込んだ間合は、ほぼ同時であった。

それゆえ、互いに飛び込み鉢合わせをしてしまったのだ。

だが、お竜は一瞬出遅れた。

それは相手の術が上回っていたからに他ならない。

もし自分が一瞬早く勾当を仕留めていたら——。

飛び込んで来た刺客を、勾当の新たな用心棒と思い込み、仕留めた勢いで襲いかかったかもしれない。

その時、自分はどうなっていただろう。

相手が自分と同等か、上位の者であれば、お竜が一瞬覚えた動揺に付け入って、必殺の技を繰り出してきたかもしれない。

しかし、相手はお竜の姿を認めると、迷いなく逃げ去った。

見事な仕事ぶりである。

恐らく自分が、勾当を殺した後で攻めかかれば、返り討ちにあっていたであろう。

相手が自分を女と見て、

——殺すまでもない。

と思ったともいえる。

いずれにせよ、お竜はしくじった。

その動揺は、落ち着けばまた後悔の念となって頭をもたげてくる。

勝之助はあれこれ問わなかった。

問えばお竜の頭の中は混乱するだけだ。

そのように気遣ったのに違いないが、

――所詮《しょせん》は女なのだから。

という労《いたわ》りがあったのなら、やはり口惜しい。

こういう時は、やはり男は頼りになると、相棒を称《たた》えればよいのだが、それでも口惜しくなる。

さらに、あの刺客が、以前から気になっていた、新井某《なにがし》という浪人に違いないという衝撃が、お竜を苦しめた。

いつしか親しみさえ覚え始めていたあの浪人が、刺客であったとは――。

ただ、新井という浪人は、北条佐兵衛を思い出させるものを持っていた。

となれば、やはり彼は佐兵衛に通ずる武芸達者の匂いを発していたのであろう。

ゆえに新井浪人が凄腕であったことには納得がいく。

だが、いかにも人がよさそうで、愛娘を大切にしている彼が、その裏では人を殺しているという事実は知りたくなかった。

文左衛門と勝之助に対して、石井勾当邸で見た一部始終を伝えねばなるまい。

しかしその折、鉢合わせした相手を、自分は知っていると、言いたくなかった。

〝地獄への案内人〟としては、鉢合わせした刺客に心当りがあれば、逐一話すべきであろう。

それはわかっているのだが、やはり話したくはなかった。

石井勾当は極悪人である。殺したとて、新井浪人を責められはしまい。

とはいえ、放ってはおけまい。

お竜は、新井の浪宅まで知ってしまったのである。

彼が自分の敵だとすれば、この後の展開が恐しくなってくる。

――あの刺客が新井さんかどうか、確《しか》と知れたわけではないのだ。

お竜は自分自身に言い聞かせた。

刺客は覆面で顔半分を隠していた。

それゆえ、新井浪人であったとは言い切れまい。

不確かなことを言うべきではない。

そしてその心の奥には、かわいい娘を抱えたあの浪人とは、何があってもやり合いたくないという想いが潜んでいたのだ。

考えてみれば、北条佐兵衛と再会してからというもの、口では言い表わせぬ屈託を抱えていた。

人として、女として、自分はどう生きていけばよいのかという答えを見つけようとして見つけられない。そんな不安定な精神に支配されていたのだ。

気の迷いが、今宵のしくじりを生んだのではなかったか。

井出勝之助からは、

「あれこれ話は明日にしよ……」

と言われていた。

その意は、まず一晩で気持ちを落ち着けろということであろうが、

――勝さんは、あたしを買い被っている。

そんなに自分は強く、しっかりとした女ではなかったのだ。

ところが、苦悩しつつも、武芸が沁《し》みついている自分の五体は、この非常時に鋭く反応していた。

何か起こるのではないか。起こるのであれば、いつでも受けて立ち、存分に働いてやろうではないか――。

という精神の昂揚が、心地よくさえあった。

そのうちに夜は明け、明烏《あけがらす》の声と同時に、長屋の部屋の裏手から、

「お竜さん……」

という、低くずしりとした声がした。

裏の戸を少し開けると、猫の額ほどの小庭の向こうに、文左衛門に仕える安三《やすぞう》の姿が、朝靄《あさもや》に浮かんで見えた。

お竜がひとつ頷《うなず》くと、小石を包《くる》んだ紙片が、戸の隙間へと投げ込まれた。

元締・文左衛門からの繋ぎの文であった。

お竜はそれを受け止めると、さっと一読してから、すぐに火鉢で燃やしてしまった。

(三)

元締の文左衛門は、江戸に幾つも隠れ家を持っている。

赤坂田町一丁目にある書画骨董屋〝戯文堂《ぎぶんどう》〟もそのひとつであった。

入ったところには、これも品物のひとつなのであろうか、古い唐風の大きな衝《つい》立《たて》が置かれてある。

店へ入ると、これが目隠しになって中の様子が外からは見えなくなる。

大衝立の陰に隠れて、文左衛門は店主とあれこれ言葉を交わした後、いつしか二階の自室へ消えてしまうのが、彼がここを訪ねた時の決まりとなっていた。

この日も昼下がりとなって、安三を供に現れた文左衛門は、いつものようにして二階の一間に上がった。

それから、小半刻ほど経って、井出勝之助がふらりと現れ、ほどなくお竜がやって来て、〝地獄への案内人〟の集会が催された。

「初めてここに集うてから、何やらあっという間でござったな」

席に着くや、勝之助がにこやかに言った。

「はい、まったくで……」

文左衛門が相好《そうごう》を崩した。

三人が集まり、文左衛門を元締として、弱い者に害を為す極悪人を、地獄へ案内する仕組を築いたのは、去年の晩春であっただろうか。

その密談も、この〝戯文堂〟の二階の部屋であった。

勝之助と文左衛門には、それを懐かしむ余裕があり、本来ならば緊迫するはずの場を、和《なご》ませてくれる。

「申し訳ございません……」

座が落ち着くと、お竜はまず頭を下げ、

「これはお返しいたします……」

文左衛門から渡されていた、案内料を前に差し出した。

「お前さんが詫びることはありません……」

文左衛門は、まったく動じることなく、差し出された金子には目もくれず、静かに言った。

「そうやで。お前はおれと申し合わせた通りにことを進めた。そこに邪魔が入ったとしたら、その責めはおれにもある」

勝之助は、お竜を庇った。

「誰がしくじったというわけではありません。お竜さんが勝手にことを運んだのではないのですからね」

文左衛門が続けた。

「それにしても、こんなこともあるのですねえ……」

「まあ、勾当を殺してやりたいと思っていた者は何人もいたであろうが、我々と同じ間合で狙うとは……」

きっと相手も、勾当の動きを調べ上げていて、ちょうどよい頃合と思い、あの場を狙ったのに違いない。

「ははは、皆考えることは同じか……」

勝之助は笑いを絶やさないが、

「となれば、相手も御同業で、誰かに雇われて勾当を殺したのじゃな」

と、目の奥に鋭い光を宿した。

石井勾当には闇の人脈があり、中には邪魔に思っている者もいるであろう。

その辺りを気をつけてかからねばならないというのは、初めに話していたはずであった。

「それを安易に仕掛けた、わたしがいけませんでした」

文左衛門は腕組みをした。

勾当の命を狙う者がいたのなら、こっちの手を汚すまでもなく、そ奴らの掟の中で抹殺してもらえばよかったのだ。

「まず考えねばならぬのは、仕立屋の身の安全やな」

勝之助は黙念としているお竜を見た。

「相手の顔は確と見たのか？」

「いえ、刺客は覆面で顔の半分は見えなかったし、あっという間に姿をくらましてしまったので……」

お竜はやはり、相手に思い当るところがあるとは言えなかった。

「そうか……。そやけど、相手は仕立屋の顔を見たのやな」

「ちらりとだけ……」

「御高祖頭巾《おこそずきん》を被っていたし、部屋は薄暗い。現れた女が刺客とは、思わなんだかもしれぬな」

たまさか異変を覚えて、勾当が呼んでいた女が入ってきた。

女の口を塞ぐまでもないと、刺客は瞬時に立ち去った。

「悪い奴でもなさそうな気がするな。口を塞ぐつもりなら、その場で襲いかかってきたはずやさかいな」

「井出先生の申される通りです。この先、お竜さんの身許を洗い出して、わざわざ襲ってくることはないでしょう」

男二人は頷き合った。

「あたしもそのように思いますが、相手の気配を察することができず、勾当をこの手で始末できなかったのは不覚でした。とにかく、頂戴したお金はお返しいたします」

お竜は再び頭を下げた。

「いや、お金はこの先の用心のために用立ててください」

文左衛門は受け取らなかった。

「仕立屋、覆面の奴の気配を覚えなんだのはおれも同じや。お前を危ない目に遭わせたのは申し訳なかったと思うている」

勝之助は相変わらずやさしかった。

「とんでもないことですよ。あたしがもう少し、色んなことに気付いていたら……」

お竜はいたたまれなかった。

文左衛門も勝之助も、状況から察すると、

「刺客はお竜を探して始末しようとは思っていまい」

そのように見ていた。

許せぬ悪を裁いてやろうとまでは思わぬにしろ、自分達と同じ日に狙ったのは、彼もまた紅屋《べにや》の娘が人身御供《ひとみごくう》になろうとしている事実を知り、それまでに殺してやろうとしていたのかもしれない。

雇われて始末したとしても、ある程度の下調べをしてかかったのではなかったか。

お竜もそうあってもらいたいと思っていた。

刺客が新井浪人ならば、尚さらだ。

「ひとまずは、うろうろとせずに、仕立物をお届けする他は、しばらくの間長屋に籠っていようと思います」

お竜はそう言って、文左衛門と勝之助を安堵《あんど》させて、その日の会合を終えた。

そもそも、仕立屋の女が、屈強な用心棒のいる石井勾当の家に、単身乗り込むとは思うまい。

文左衛門は、

「わたしももう一度、石井勾当がどのような闇を抱えていたのか、深く調べてみるつもりですよ」

そのように締め括って、お竜には用心するよう促した。

文左衛門が本気になって探索に当れば、勾当殺しの真相が見えてくるであろう。

お竜は気が気でなかった。

新井という浪人が、金で雇われて人を殺す刺客を裏稼業にしているのは忍びない。

自分とて同じ穴の貉《むじな》ではあるが、娘の久枝《ひさえ》にこの先どんな運命が待ち受けているのかと考えると、暗澹《あんたん》とした想いに陥るのである。

桜の花は咲けど、お竜の目にはまるで入ってこない春であった。

(四)

長屋の自室に籠り、呉服店〝鶴屋《つるや》〟との往復だけで、しばし日を送ろうと考えていたが、お竜はじっとしていられなかった。

——あの時、娘のあとをつけるんじゃあなかった。

つくづくとそう思った。

新井浪人が、何者かと出会い、娘の久枝を先に帰してその男と木挽町の方へ歩いていった。

一人残されて家へ帰る久枝が哀しく思えて、つい娘を見守るつもりで彼女のあとをつけてしまった。

そして、久枝が海に近い上柳原町の仕舞屋《しもたや》に入るのを見届けてから、自分も帰路についたのだが、つけるのであれば新井の方であった。

あの時、町の男と出会った新井は浮かぬ顔をしていた。

娘との一時を邪魔されたゆえだと、その時は思ったが、あの町の男は裏稼業に関わる者の一人であったのかもしれない。

しかし、その奴をつけたとしても、二人が何を話していたかまでは、探りを入れはしなかっただろう。

あの時は、二人を怪しんではいなかったし、そのような発想が湧くはずもなかったのだ。

ただ、新井浪人が気になったのは、どこか北条佐兵衛を思い起こさせる風情を醸していたからだが、それは一方で、彼が佐兵衛に匹敵するだけの、

――恐るべき武芸者。

に見えたからだと言える。

北条佐兵衛が持つ、厳しい修練を積んできた者独特の剣気が、新井浪人の体からも放たれていた。

佐兵衛の傍《そば》近くで修行を積んだお竜であるから、わかるのだ。

恐らく自分はあの浪人に引き寄せられ、出会うべくして出会ったのかもしれない――。

考えると、ますます気になった。

お竜は何かに憑《つ》かれたように、気がつけば長屋を抜け出し、築地から鉄砲洲へ

目当ての仕舞屋へと近付いた。

いつもの形《なり》とは違って、どこぞの下働きの女中風に装い、女笠を被り、目当ての道を辿っていた。

その分別と緊張だけは忘れていなかった。

何があっても相手に知られてはならない。

それでも、自分も顔を見られた。

自分なりによく見ておこうと思ったのだ。

誰であっても殺すという信条であれば、いつか戦わねばならぬ相手である。

確かめたからといって、どうなるわけでもないが、もし浪人が金のためなら、もう一度、新井の顔を見ればはっきりするはずであった。

覆面をしていたが、顔の半分ははっきりと目に刻んだ。

という確信が深まっていく。

——きっとそうであったに違いない。

しかし、物思う度に、

勾当邸で鉢合わせした刺客が、新井であったとはまだ、決まったわけではない。

目指すは上柳原町にある、新井の浪宅であった。

すると、家の中から屈託のない娘の笑い声が聞こえてきた。

お竜は格子窓の隙間から、そっと中を窺った。

後で思えば、新井相手に大胆な探りを入れたものだが、その時、浪宅では新井が、娘の久枝に爪絵の描き方を教えていた。それゆえ、彼は外の気配への関心が薄れていたので、お竜には気づかなかったといえる。

お竜はそれに乗じて、彼の顔をじっと見て、瞼《まぶた》に焼き付けた。

——やはりこの人だ。

そして、勾当を殺害して、たちまちのうちに消え去った、あの日の刺客が新井であると、確信したのだ。

お竜はひとまず引き上げて海辺の松林へ出て、笠を取り、裾を直して姿を改めた。

その時であった。

「仕立屋……、じっとしているつもりやなかったのか?」

井出勝之助がお竜を呼び止めた。

「勝さん……」

新井浪人に気取《けど》られぬよう集中していたので、勝之助が自分をそっと見ていたことに気付かなかった。

相手が勝之助であるから、気付かずとも恥にもならないが、お竜はまたしくじった気がして、穏やかではいられなかった。

「そりゃあ、あたしだって、ちょっとくらいは外へも出ますよ」

むっとしながら勝之助に向き直った。

「気晴らしに桜でも見よか、というわけでもなさそうやな」

勝之助は、お竜の様子を見守っていたようだ。

刺客に顔を見られたお竜の身に、何か異変が起こらぬか――。

それを気遣ってくれたのであろう。

だが、新井浪人の気配に気付かず、鉢合わせしてしまったのに続いて、今日もまた勝之助に気付かなかった自分に、お竜は苛々《いらいら》としていた。

「家《うち》でじっとしているより、外へ出た方が敵が寄ってくるかもしれないと思いましてねえ」

むきになって応えた。

「寄ってきたら、そこで一戦交じえてやろうというところか？」

勝之助は、やれやれという表情を浮かべて、探るような目を、お竜に向けた。

「それが心配で、そっと見ていてくれたんですか。そいつは申し訳ないことをしましたねえ」

「仲間としては当り前や。そやけど仕立屋、お前はおれと元締に隠しごとをしているやろ」

「隠しごと……？」

「鉢合わせした刺客に、実は心当りがあるのと違うのか？」

「心当りがないから、誰かあたしを襲ってこないか試していたんですよ」

「それは苦しい言い訳やな。あの、爪作りの浪人がそうやないのか」

勝之助はやはり、そこまでを見届けていたのだ。

お竜は返す言葉がなかった。

「お前が、どういう成り行きであの浪人を知ったのかはわからぬが、何か思い当るところがあったから、それを確かめに行ったのやろ」

「だとすれば、どうだと言うんです……」

「かわいい娘がいる浪人だけに、このままそっとしておいてやろうと考えているのやな」

「いけませんかねえ」

「そのやさしさは命取りやぞ」

「そんなら始末してしまえと」

「お前は顔を見られたのやぞ」

「勝さんは、悪い奴ではなさそうだと言ったじゃありませんか」

「だが、好い奴でもない。いくら子供をかわいがって育てていても、人殺しには変わりがない」

「あたしも、勝さんもね……」

「ああ、そうや。その正体は仲間の他には決して知られたらあかんのや」

「だからといって、あたしはあの浪人とは、やり合いたくない」

「そんならこのおれが、様子を探って始末をつけてやるわい。仕立屋、お前は長屋に引っ込んでいろ」

「いくら勝さんでも、そいつはさせないよ」

「娘まで殺すつもりはない」

「あの娘はまだ十《とお》やそこらの子供なんですよ。見たところ母親もなく、父親に死なれたなら、それはもう死んだも同じですよう」

「子供がいながら、人殺しを生業《なりわい》にした報いというものや」

「子供に罪はない」

「あの娘はあの娘で生き抜いていくよ。お前みたいにな」

「そうはさせないよ」

「ほう……、させぬとな。ほな、どないするというのや」

勝之助の顔に殺気が漂った。

お竜の五体に沁みついた術が、思わず反応し、彼女は身構えた。

「おれを殺してでも、父娘《おやこ》を守るというのか？」

勝之助の左手も、鞘にかかっていた。

心やさしい勝之助である。

お竜が鉢合わせしたという刺客が、根っからの悪人とは思いたくない。

自分達と同じ信条を持つ男であると思いたい。

だが、それは詳しく調べてみねばわからない。

その結果、私利私欲のためだけに、殺しを引き受ける浪人であれば、自分達が地獄へ案内してやらねばならない。

勝之助のその信念は揺るがない。

己《おの》が娘はかわいいが、仕事のために娘がいる罪なき男までも殺さんとするような男ならば、そ奴には死んでもらわねばならないのだ。

「あの浪人を、生かすも殺すも、あたしに任せておくんなさいな」

お竜は、勝之助とやり合ってでもそうしたいと思っていた。

何の恩も義理もない新井であるが、

——あの人は、悪党ではない。

お竜は、己が直感を信じていたいのだ。

そういう自分がなくなれば、あまりにも悲し過ぎると、彼女は鬼の眷族《けんぞく》ではない、己が姿を確かめていた。

それゆえ彼女は、勝之助にむきになるのだ。

「お前には任せられぬな」

勝之助は静かに言った。

「今のお前は落ち着きをなくしている。それでは共倒れになるかもしれぬ。どうしてもというなら、まずおれを倒してからにせい」

「そうかい……」

お竜は、勝之助が正しいとはわかっていた。

だが、どうしても冷静になれなかった。

己が我を通してみたくなったのだ。
その精神の乱れと昂揚は、
――勝さんになら斬られても好い。
そんな捨て鉢な気持ちに、彼女を追い込んでいた。
「そんなら仕方がないねえ」
お竜は、帯に隠し持った小刀を、諸手に握らんと、さらに身構えた。
勝之助は、ゆっくりと腰を落した。
〝チャリン〟
という、鯉口を切る音が、松林にかすかに響く。
まさか二人がやり合うとは――。
互いの戸惑いは、それぞれが身に備えている武芸の勘が吹き飛ばしていた。
相手がくるなら、こちらもいく。
自ずと攻め時を探すばかりである。
そこに私情はない。ただ、戦いがあるのみだ。
その姿勢のまま、二人は互いにじりじりと間を詰めた。
「何の遊びです……」

そこへ、少しばかり間の抜けた声が聞こえてきた。

間に入ったのは、安三であった。

朴訥《ぼくとつ》で、あまりおもしろみのない男ゆえ、からかうような物言いが珍しく、二人の気を萎《な》えさせた。

お竜と勝之助は、二人共に構えを解いた。

「元締をないがしろにしてもらっちゃあ、困りますよ」

安三が顔をしかめると、二人から殺気が消えた。

彼の言う通りだ。元締に断りもなく、二人で勝手にやり合うのは、あまりにも不義理であった。

「ちょいと、お付合いくださいな」

安三は、さっさと歩き始めて松林を抜け出した。

この男には、凄腕の二人を唸らせる、間の取り方の巧みさがある。

文左衛門に仕える忠実な従者ゆえ、彼の目は絶えず主人に向けられている。

「武芸者の間合を知っている安さんは、そもそも何者やねんやろなあ。まあ、それはわからんさかいにおもしろみがあるというものやけどな」

勝之助は予々《かねがね》そう言っているが、安三が来てくれてよかった。お竜は憑きものが落ちたように冷静さを取り戻すと、つくづく思った。

ここで斬り死にしても好いなどと、頭に血が昇って思ってしまったが、それでは文左衛門に申し訳が立たなかった。

刀を鞘に戻した勝之助は、何ごともなかったかのような顔をして、お竜と並んで歩いていたが、

「仕立屋、憎たらしいことを言うた罰や……」

と、おもむろに手を伸ばして、お竜の頬をつねった。

「痛い……」

お竜は顔をしかめつつ、笑ってしまった。

てらいもなく子供じみた仕返しをしてくる勝之助は、お竜よりもはるかに世慣れている。

「この痛さを忘れるな。こっちは二、三年寿命が縮んだがな」

「わかりましたよ……。でもねえ、鞘に手をかけたのは勝さんが先でしたからね」

「身構えたのはお前が先や」

「身構えた？　ちょいと体に力が入っただけでしょうよ」

「それが身構えたというこっちゃ……」

「身構えたくらいで、刀を抜こうとしたのは大人げないねえ」

「お前の帯には、小刀が隠されているさかいなあ」

「裁縫道具の小刀ごときに、長いのを抜こうなんてね」

「あほ、その小刀で何人あの世に送っているのや」

「声が大きい……」

「えらいすんまへん……」

お竜は心の内で、勝之助に手を合わせた。

彼女の身を案じて様子を見に来てくれたというのに、刃《やいば》を向けんとした自分が許せない。

それに対して、いつもの飄々《ひょうひょう》たる物言いでなかったことにしてやろうとしている勝之助は、真《まこと》の仲間と言えよう。

お竜の過去も今も未来をも、頭に思い描いた上で、

「まあ、色々あるけど、落ち着かんかいな」

と、諭してくれている。

お竜が時に情緒がおかしくなっても仕方がないと、慰めてくれている気もする。

父娘には幸せであってもらいたい。ましてや、新井は北条佐兵衛に似たところのある武士である。

その想いに引きずられてしまったが、ここは何もかも文左衛門に己が心の内をさらけ出し、この先のことを見据えよう。

お竜は勝之助と軽口を交わしながら、必死で平常心を取り戻さんとしていた。

(五)

「谷中の元締は何と……」

清河屋団右衛門に伺いを立てたのは、大池《おおいけ》の三蔵《さんぞう》である。

三蔵は団右衛門の右腕として、牛込一家の中でも随一の切れ者であった。

「円蔵《えんぞう》の兄ィには随分と絞られたぜ」

団右衛門は吐き捨てた。

谷中の円蔵——。

谷中一帯を縄張りとする、同じく香具師の元締である。

先代の乾分《こぶん》で、縄張りを任され十年ほど前に跡目を継いだ。

団右衛門も元は谷中一家の身内で、円蔵は兄貴分であったのだが、円蔵が跡目を継いだ後は、牛込へ進出し一家を任されるまでになった。

人望の厚い円蔵に対して、団右衛門は何かと金儲けに目先が利き、金の力でのし上がってきたと言える。

しかし円蔵は、団右衛門が金のためなら手段を選ばぬのを、苦々しく見ていた。

以前から、殺しの請け負いを密かにしているとの噂を聞きつけ、

「団右衛門、生かしておいては、この世のためにならねえ者を始末するのならともかく、誰であろうが金さえもらえば殺してしまう、そんな稼業をおっ始めようってえのなら、おれは許さねえぞ」

と、釘を刺していた。

そうして、今日はまた呼び出して、

「お前《めえ》、阿漕《あこぎ》なことはするんじゃあねえぞ」

と、漏れ伝わる団右衛門の悪評を並べ立て、こんこんと意見をしたのである。

「兄ィ、そいつは重々わかっておりやすよ。おれも先代と兄ィの名を汚すような真似はしねえよ」――

団右衛門は下手《したて》に出て、円蔵の前から下がったのであるが、

「兄ィも古くせえや……」

団右衛門は、不満を募らせていた。

殺しの請け負いは、なかなかに出来るものではない。

だが、裏稼業に生きる者であれば、一人や二人殺したい相手がいる。

そいつに消えてもらえるなら、少々金がかかろうが、頼める者がいればありがたい。

そこが団右衛門の狙いどころで、方々に顧客を作り、殺しを請け負って大きな商売としてきた。

先日の石井勾当殺しは、寺社奉行・松平伯耆守《まつだいらほうきのかみ》の用人からの依頼であった。

寺社で賭場を開いたりする団右衛門一家は寺社奉行の用人に上手く取り入り、摘発を逃れてきた。

同じく寺社奉行に取り入ってきたのが、石井勾当であった。

検校《けんぎょう》、別当《べっとう》、勾当は、寺社奉行の管轄下にあった。

伯耆守は、盲人保護を手厚くしてきた。

石井勾当はそれに付け込んで、金貸しとして暴利を貪《むさぼ》っていたわけだが、寺社奉行への付け届けをすることも忘れなかった。

しかし、やがて石井勾当の阿漕な金貸しの所業は度を越えるようになった。

松平伯耆守もこれを捨て置けず、厳しく取り締まらんとしたが、これまで多額の付け届けを、渡されるがままに受け取っていた。

下手に押さえ付けると、石井勾当がそれを楯に騒ぎ立てる恐れがあるので、なかなか取り締まれず、伯耆守は臍《ほぞ》をかんでいた。

その不興を見てとった用人が、団右衛門に相談を持ちかけた。

団右衛門もまた、便宜をはかってもらうために、寺社奉行にすり寄っていたのだが、そこは世渡りが上手く、石井勾当のように世間の者から悪事を言い立てられることは、耳に入らぬようにしてきた。

逆に用人に取り入って、石井勾当の始末を示唆されると、

「まず、あんなお人は、手前で滅んでいくのではありませんかねえ」

そんな風に呆けてみせつつ、巧みに用人から金を引き出し、乾分の三蔵に命じて殺害させたのだ。

この折、三蔵は上手く立廻り、凄腕の浪人・新井邦太郎を引っ張り出して、

「先生、石井勾当という悪党を、消してもらいてえんですがねえ」

と持ちかけた。

邦太郎は以前、団右衛門一家の用心棒をしていたことがあり、その時も団右衛門に頼まれて、対立するやくざ者の親分を密かに殺害していた。

その後、邦太郎は団右衛門から離れて、行方知れずとなっていたのであるが、三蔵はそれを見つけ出したのだ。

団右衛門は今、室崎《むろさき》、安住《あずみ》という用心棒を抱えているのだが、石井勾当ほどの者を暗殺するには、この二人だと心許無かった。

そこで白羽の矢を立てたのが、新井邦太郎であったというわけだ。

団右衛門の許を去った邦太郎は、娘と二人でひっそりと暮らしていた。

娘が無事に成長するまでの間は、平穏な日々を送らんとしていたのだ。

それゆえ、邦太郎は、

「そのようなことはしとうない……」

と断ったが、三蔵はしつこく迫った。

以前の殺しは、金で割り切って引き受けた邦太郎である。

その折は、多額の金を得ていたので、なかなか断れなかった。

人を殺したことを知る三蔵に、以前の話を言い立てられると、娘の手前、邦太郎は引き受けざるをえなかった。

三蔵は、石井勾当がいかに悪い奴かを、邦太郎に吹き込んだので、

「それならば……」

と、邦太郎は遂に了承して、見事にしてのけたのだ。

「三蔵、新井邦太郎に、もう一度頼みてえんだが……」

不意に団右衛門が言い出した。

「さて、そいつはどうですかねえ……」

三蔵が首を傾《かし》げた。

今度の勾当殺しも、ことが終ると首尾を告げ、一切金を受け取らずに、

「これで借りは返した、この上は、某に近付くのはやめてもらいたい」

そうきっぱり言って、立ち去ったのだ。邦太郎が引き受けはしまい。

「なかなか首を縦には振らねえだろうが、そこを何とかするんだよう」

「へい……。やってみますが、誰を殺させるおつもりで？」

「谷中の円蔵だよ……」

(六)

お竜は、文左衛門と井出勝之助に、自分が知る限りのことをすべて打ち明け、黙っていて申し訳なかったと詫びた。

「誰にでも言い辛いことはありますよ。ましてや推測で人をとやかく言うのはねえ……」

文左衛門は相変わらず、大山のようにどっしりと構えていて、お竜を労《いたわ》った。

お竜は、母と自分を酷い目に遭わせてきた、行方知れずとなった生みの父親を、殺してやろうと消息を求めたことがあった。

文左衛門はそれを知るゆえに、娘思いの男に肩入れしたくなる気持ちは痛いほどわかっている。

さらに、お竜の空虚な心の中に、日陰に咲く一輪の花を愛《め》でる想いがあったことに、むしろほっとさせられていた。

安三からは、勝之助とは一触即発の様子であったと聞かされたが、二人を見る限り、後を引くような気配はない。

そもそも武芸者は、昨日の友と今日は真剣勝負に臨まねばならぬ状況に生きている。少しくらいやり合ったとて、勝之助が相手であれば、すぐに熱も冷めよう。

「その新井という浪人を洗ってみましょう。恐らくは悪い人ではないと、わたしも思います」

文左衛門はそう言うと、その二日後の夜に再度、お竜と勝之助を呼んだ時には、新井邦太郎についての大まかな情報を見事なまでに集めていた。

新井父娘が上柳原町に移り住んだのは、一年くらい前のことで、それまでは牛込にいて、邦太郎は剣客の道を歩んでいた。

しかし、お松《まつ》という妻女が病がちとなり、なかなか剣の道が思うに任せず、

「清河屋団右衛門という香具師の許に出入りしていたようですね」

「そこで用心棒をして、方便《たっき》を立てたのでござるな」

勝之助は邦太郎に想いを馳せた。

妻女が病となれば、薬代やらあれこれ金がかかるし、まだ子供が幼いとなれば、面倒を見てやらねばなるまい。

剣術の稽古場へ行く間もじっくりとれず、割の好い内職を得んとしたところ、用心棒の口がかかったのであろう。

「武芸に生きる者が、気易う所帯など持ってはならぬのや……」

「でも井出先生。先生だって、修行中にそんな気になったことはあったわけでしょう」

お竜は言わずにいられなかった。

「ははは、それは何度もあった。まあ、縁がなかっただけかもしれぬな。ひとつ違《ちご》うたらおれも新井殿のようになっていたかもしれん」

勝之助は苦笑いを浮かべた。

邦太郎の事情がわかるゆえに、彼とても、新井父娘の幸せは願いたかった。

「それでも、おれはこれまで、金のために罪のない者を斬ったことはない」

とはいえ、そんな奴は許されないという意思は変わらない。勝之助は改めてお竜に己が気持ちを伝えた。

お竜はひとつ頷いて、文左衛門を見た。

その辺りはどうだったのかを問いたかった。

「新井さんは、恐らく金のために前にも人を斬ったようですね」

邦太郎が用心棒を務めていた頃に、牛込界隈で暴れ廻っていた破落戸《ごろつき》の頭目が、何者かに殺されるという一件があった。

頭目は力士あがりの命知らずで、処《ところ》のやくざ者達は随分と手を焼いていた。

団右衛門も苦々しく思っていたというから、彼の指図で殺害したのではないかと噂された。

しかし、破落戸が殺されていたところは寺の境内で、寺社方は破落戸同士の喧嘩で片付けてしまった。

町方も寺社方も、そ奴には手こずっていたので、ろくに調べもしなかったようだ。

清河屋団右衛門は、その一件以来、牛込一帯で押しも押されもせぬ存在となり、それからほどなくして、新井邦太郎は妻を亡くし、失意のうちに娘と牛込を出たという。

妻女のために人を斬ったというのに、その妻は呆気《あつけ》なく世を去ってしまい、無常を覚えたのは想像に難くない。

この上はまとまった金など不要であると、娘との平穏な暮らしを望んだと思われる。

「そうして、その頃にはもう、剣客として生きていく気力ものうなってしもうたか……」

勝之助が嘆息した。

彼自身がそうなのだ。これまで突きつめてきた剣の腕を、今は〝地獄への案内人〟として揮《ふる》っている。

それに後悔はないが、剣士としてはもう生きてはいけまいと思うと、少しばかり切なくなる。

自分にとっての文左衛門のように、新井邦太郎は娘のために生きようと心に決めたのであろう。

まず破落戸を始末していたとしても、それは非道を働いたわけではあるまい。場合によっては、勝之助とお竜が地獄へ案内してやったかもしれない相手ではないか。

勝之助の気持ちは落ち着いてきた。

この度の石井勾当殺しも、

「こ奴ならば殺してもよかろう」

と、得心して引き受けたのであろう。

だが、文左衛門の調べによると、邦太郎は団右衛門とは既に縁が切れていたはずだが、

「引き受けざるを得なかったのでしょうな」

と、文左衛門は見ていた。

一度、裏稼業に足を踏み入れると、なかなかそこから抜け出せないものだ。団右衛門は寺社奉行に取り入っている。石井勾当もしかり。増長した勾当を、団右衛門が汚れ仕事を引き受け殺害したと十分に考えられる。

石井勾当を殺すのは大仕事だ。

団右衛門が邦太郎を捜し出し、無理矢理に付合わせたのではなかったか。

「まず、そんなところでしょうな……」

勝之助は、文左衛門の推察に同意した。

お竜は内心ほっとしながらも、

「顔を見られたあたしはどうすればよいのでしょうねえ」

改めて文左衛門に問うた。

「放っておけばよいでしょう。お竜さんが鉢合わせした相手が、本当に新井邦太郎であったかは、まだはっきりとしたわけではありませんからな」

文左衛門は、しばらく新井父娘の様子をそっと見ていようと言った。

「もし、清河屋団右衛門が、この先また、新井さんに殺しを頼むようなことがあって、これを新井さんが、誰彼構わず引き受けるようなら、その時は我々も動かねばなりません。お竜さん、よろしいですね」

お竜は姿勢を正して、

「はい。そのようにならないことを祈っておりますが、非道な殺しは許せません」

きっぱりと応えた。

三人は大きく頷き合うと、

「ああ、それと、北条先生から江戸へ戻っているとの報せがありましたよ」

ここで文左衛門が、北条佐兵衛の話を持ち出した。

「はい。先だって橋場の家に掃除をしに行った折にばったりと……」

「そうでしたか」

「言いそびれていました。お許しください」

「便りによると、弟子のことが気になって、戻ってきたと」

「左様で……」

お竜は、案内人をやめて一人の仕立屋の女として生きてみればどうだと、師に言われた話はしなかったが、そういえば師は、自分とは別に、何か気にかかることがあって江戸へ戻って来たのではなかったか。

お竜は気持ちが落ち着くと、それが何であるのか、無性に知りたくなってきた。

ところが、その時既に、団右衛門は新井邦太郎に次なる殺しをさせんと動いていたのである。

(七)

新井邦太郎は、まだ明けきらぬうちから上柳原町の浪宅を出て、浅草へ向かっていた。

昨日の夕方。

内職の凧を届けに出ていた僅かな間に、娘の久枝の姿が見えなくなった。

そして三和土《たたき》に結文《むすびぶみ》が落ちていた。

開いてみると、〃浅草正覚寺の茶屋にてお待ち申し上げ候〃とある。

――しまった。

邦太郎は歯噛みした。

文の意はすぐにわかった。

団右衛門が娘を質に取って、新たな頼みごとをしてきたのであろう。

石井勾当を殺害した後、邦太郎はすぐに家移《やうつ》りをしようと思った。

そのうち再び、人斬りの注文をしてくるであろうと読んでいたからだ。

しかし、娘と二人でこの町へやって来て、やっと方便のめども立ち、暮らしも落ち着いてきた。

支えてくれた人と別れるのも辛いし、迷惑が及ぶこともある。

ためらっているうちに、このような事態を招いてしまったのは痛恨の極みであった。

――それにしても汚ない奴らだ。

娘をどのようにして攫ったかを考えると、腸《はらわた》が煮えくり返る。

何よりも己が油断が許せなかった。

五感を張り詰めているつもりでも、修行をしていた頃を思うと、明らかに感覚が鈍っている。

娘と暮らす幸せに浸り、修行を怠っていたのだ。

だが無理もない。まだあどけない娘の傍にいて、剣気、殺気を体に漲《みなぎ》らせている父親などいまい。

今は、怒りが邦太郎を支配していた。

――もしも娘に傷のひとつも負わしたなら、片っ端から斬って捨てる。

その想いが彼を支配していた。

それでも、怒りで我を忘れては、娘はますます危機に陥る。

何とか気を落ち着けながら、邦太郎は浅草への道を急いだのである。

目指す茶屋は、正覚寺の境内にある。

葭簀《よしず》掛けの奥に、小さな小屋があり、ちょっとした個室になっている。

寺社奉行に取り入る団右衛門であるから、寺社に幾つか息のかかった茶屋があるのだ。

以前、ここで密談をする団右衛門を、外から警護したことがあった。

その頃の団右衛門は、まだ縄張りが落ち着かず、方々で衝突を繰り返している状況に置かれていた。

茶屋の奥へ入ると、大池の三蔵がいた。

一人でやって来るのは、いつもながらなかなかに度胸が据っている。

その方が相手の気を昂《たかぶ》らせないのを、この男は心得ているらしい。

「先生、よくぞお越しくださいましたねえ。やはり気心が知れている人がいるのは、ありがてえや」

嘯《うそぶ》く三蔵を睨みつけ、

「お前と気心など知れてはおらぬ」

邦太郎は吐き捨てた。

「娘をどうした……？　返答次第では、お前の首は胴に付いてはおらぬぞ」

「ご勘弁くださいまし。娘さんは、手前共の方で、丁重におもてなしをさせていただいております」

「おのれ、しゃあしゃあとぬかしよったな」

「こうでもいたしませんと、先生は話を聞いてくださいませんから……」

「話？　どうせ、殺しの注文であろうが」

「これが最後でございます。礼金は百両差し上げましょう。何卒《なにとぞ》お力をお貸しくださいまし」

「お前の言葉など信じられるものか」

「嘘じゃあございません。お引き受けくださるまでは名を明かせませんが、この度もまた、生かしておいては世のため人のためにならねえ男を、殺《や》ってもらいてえんで……」

「世のため、人のためにならぬ男？　それはお前のことだ」

邦太郎は、今にも抜き打ちに三蔵を斬らんとする勢いであった。

さすがの三蔵も震えあがったが、

「あっしを斬っちゃあ、二度と娘さんとは会えませんぜ」

この悪党には切り札があった。

昨夕は、邦太郎の一瞬の隙をついて、用心棒の室崎、安住を邦太郎の浪宅に押し入らせた。そして久枝に当て身を食らわせると、彼女を素早く大きな頭陀袋《ずだぶくろ》に入れ、さらに行李《こうり》に入れて運び去ったのだ。

娘を質に取られては身動きが取れない。

「まず娘に会わせろ。無事を確かめてからの話だ」

邦太郎は低い声で言った。

「へい、それはもう。ですが先生、おかしな気は起こしちゃあいけませんぜ」

三蔵はニヤリと笑った。

「わかっている。娘の命がかかっているゆえにな……」

邦太郎は溜息交じりに言った。

それから、邦太郎は三蔵と小半刻ばかり話した後、茶屋を出た。

頭の中は千々《ちぢ》に乱れていた。

娘の顔を見てからだと言ったが、団右衛門のことだ、その辺りは読んでいて、ひとまず久枝は手厚く扱われているはずだ。

手荒なことをして連れ去ったのかもしれないが、自分には無事な姿を見せるに決まっている。

怒らせてしまっては元も子もない。

団右衛門にとって、何としてもこの世から消し去りたい相手がいるのであろう。

それを仕留めるまでは、どこまでも機嫌をとってくるはずだ。

だが、邦太郎の怒りは収まるはずがない。

都合よく自分に人を殺させる団右衛門が許せなかった。

確かに手にかけた二人は、極悪人ではあった。

とはいえ、義憤にかられて殺しを頼んできたわけではない。

すべては己が欲得絡みの殺人なのだ。

次は本当に悪人かどうか知れたものではない。

そのうちに、ただの人殺しにさせられてしまうであろう。

娘のためにも、それは避けねばならない。

何よりも、自分を拾い上げ育ててくれた武芸の師に申し訳が立たなかった。

ひとまず娘に会わせろと言って間を取ったものの、このままでは次なる殺しを引き受けざるをえない。

娘と会った時に、己が武芸の術を出し切り、連中を討ち平げてやりたい。

しかし、久枝にぴったりと刃が突きつけられている状態で、存分に働けるであろうか。

武芸に生きてきた自分は、いつ命を落してもよいが、娘を巻き込むのは不憫《ふびん》がかかる。

――いかぬ、いかぬ。

このように、あれこれ考えごとをしているゆえに、勾当殺しの折には女と鉢合わせしてしまったのだ。

――あの女は何者なのだ。

何度か町中で行き合った気がする。

瓜実顔《うりざね》で、艶やかな町の女であるが、どこか陰がある。

邦太郎はそのように見て取ったが、女はいつも自分を避けるように姿を消してしまう。

だが女からは邪《よこしま》な気配は覚えなかった。

むしろ自分に親しみを持っているような気がした。

勾当殺しの折に出くわした謎の刺客は、きっと〝あの女〟に違いないと、頭の中で見当をつけていた。

勾当が呼んでいた玄人女ではない。女は刺客であった。

諸手にきらめく小刀は、勾当を守らんとして咄嗟《とっさ》に構えたものではなかった。

その物腰から察すると、女はかなりの遣い手と見える。

そして女もまた、自分が時折町で行き合う浪人だとわかったはずだ。

覆面をしていても、女は正体を見破っていたに違いない。

後から考えると、そのように思われた。

姿を見られた上は、女の口を塞ぐのが殺し屋の掟であろう。

しかし、自分は殺し屋ではない。

女と面識はないが、敵とは思えない。

そのまま捨て置けばよいと決めたが、女には仲間がいるのかもしれない。

勾当の用心棒が、一突きにされて雑木林で死んでいたという。

邦太郎には、非道な殺しをする連中とは思えない。

——それなら、共に団右衛門を討てぬものか。

ふっとそんな愚にも付かぬ想いが頭を過《よぎ》っていた。

気がつくと、鉄砲洲の波除《なみよけ》稲荷へ来ていた。

潮風に当りながら、掛茶屋の長床几《ながしょうぎ》に腰を下ろして茶を頼み、気持ちを落ち着けた。

周囲に怪しい者の影はない。

気分を変えようと思った時、背中合わせに編笠の武士が座った。

その刹那《せつな》、邦太郎ははっとするほどの剣気を覚えた。

「邦太郎、久しいのう」

そして武士が背中越しに発する声は、懐かしく何よりも心強い響きを持っていた。

邦太郎は感じ入りながら、密やかに話す武士の意図を飲み込み、努めて冷静さを失わぬよう、気を張り詰めた。

ほんの一時、武士と言葉を交わしただけで、邦太郎の体に大きな力が湧いてきた。

(八)

文左衛門達〝地獄への案内人〟は、団右衛門の動きを読み切れなかった。

お竜が、勾当殺しの刺客に違いないと見当をつけた新井邦太郎であったが、彼の全貌が明らかになる前に、邦太郎は苦悩の日々を強いられていたのである。

殺しの仕事で鉢合わせをしたとなれば、その相手が敵か味方か、極悪人のみを闇に葬る正義を持ち合わせているか否かが大きな問題となる。

邦太郎が団右衛門の依頼で、勾当を殺したかどうかも、まだ推測の域を出なかった。

その辺りを確かめるには、新井邦太郎の動きを徹底的に見張るしかなかったのだが、折悪《おりあ》しく、文左衛門達が密議をしている間に、久枝が攫われてしまった。

そして、お竜も勝之助もその事実を知らぬまま、彼らは安三や文左衛門の手の者達と共に、邦太郎にそっと張り付くことにしたのであるが、彼の浪宅を見張るお竜と勝之助の目に、驚くべき人物の姿が飛び込んできた。

その人物は、北条佐兵衛であった。

佐兵衛は、お竜と勝之助の気配に気付いているようで、編笠を手に歩く顔には、薄《うっ》すらと笑みが漂っていた。

彼はそのまま築地の本願寺の境内に足を踏み入れ、お竜が近付いて来るのを待った。

お竜は、佐兵衛が、

「お前と内々に話したい……」

と、無言の内に伝えているのがわかり、鐘楼の片隅で師の傍へと寄った。

「お竜、やはり新井邦太郎が気にかかっていたか」

開口一番、佐兵衛は低い声で言った。

「何と……」

お竜は唖然《あぜん》として佐兵衛を見た。

「あの者のことについては、文左衛門殿と井出殿を交じえて話をしたい。今すぐにな……」

波除稲荷の茶屋で、新井邦太郎にそっと声をかけた武士は、北条佐兵衛であった。

　それから、呉服店〝鶴屋〟に、文左衛門が安三を伴い現れ、仕立物を届けに来た体《てい》のお竜、元よりこの店に寄宿する井出勝之助に加えて、客を装い暖簾《のれん》を潜《くぐ》った北条佐兵衛が、ここに合流した。

　五人は人知れず、〝鶴屋〟の客間に集まり、佐兵衛が新井邦太郎について語った。

「奴は、わたしの弟子の一人でござる……」

　邦太郎は浪人の子で、仕官を求める父と旅に出たが、その道中、父は病に倒れ帰らぬ人となった。

　邦太郎は困惑した。

　父の仕官を信じて、旅を続けていたが、呆気なく死なれてしまうと、何を目指して生きていけばよいかを見失ってしまった。

　漂泊の旅を続けるうちに、父は算学をもって仕官を志したが自分には何ひとつ誇るものがないと、つくづく嫌になった。

　暮らしにも困窮し、いっそ腹を切って死んでやろうかと思った時、宿場で暴れているやくざ者数人を、

「これ、おとなしゅうせぬか」

と、赤児《あかご》の手を捻るように打ち倒してしまった武芸者に出会った。

それが佐兵衛であった。

今は四十絡みに見える邦太郎だが、実は三十四歳で、佐兵衛より五つ下である。

出会った時、佐兵衛はまだ二十三歳くらいであったが、最強の武芸者を志し、十七の歳から武者修行の旅に出て暮らす佐兵衛は、既に熟練の域に達していて、落ち着き払っていた。

「わたしを弟子にしてくださりませ！」

邦太郎はその場で、佐兵衛に願い出た。

武芸の筋は悪くないと言われていたので、若い佐兵衛から学ばんとしたのだ。

「おぬしとはさほど歳も変わらぬ。某に弟子入りすることもあるまい」

弟子など取る気は毛頭なく、佐兵衛は邦太郎を相手にせず、旅を続けたのだが、邦太郎はどこまでも付いてくる。

根負けをした佐兵衛は、

「勝手にせい」

と、同道を許した。

方々で武芸場を訪ねれば、佐兵衛の強さは瞠目《どうもく》され、指南を請う者が引きも切らぬので、佐兵衛は路銀には困らなかったが、自分の代稽古が出来る者がいれば楽であった。

明らかに自分より技量が劣る者を相手にしても、己が稽古にはならないからだ。

邦太郎の力量を試してみると、思いの外筋がよかった。

田舎の剣術好きを指南出来るくらいにはすぐになるであろうと、旅の道中、邦太郎を鍛えて、師範代にしてみた。

すると、邦太郎はまたたく間に腕を上げ、一端《いっぱし》の旅の武芸者を気取れるだけの術を身に付けていった。

佐兵衛は、方々の武芸場で学び、己が術として身に付けていたゆえ、取り立てて流派を名乗ることがなかった。

「何卒、弟子のわたしのために、一流をお名乗りください」

いつしか弟子になっていた邦太郎が願ったので、〝北条一心流〟なる流派を名乗ることにして、邦太郎にも名乗る許しを与えた。

邦太郎はこれを大いに喜び、旅において、

「ひとつお手合わせを……」

などと、乱暴に申し込んでくる相手には、

「ならばまず某が……」

などと言って、

「北条一心流・新井邦太郎」

そのように名乗りをあげて、立合ったものだ。

大抵の場合、邦太郎は佐兵衛の手を煩わせず、立合を制した。

旅を共にする間、彼は何もかも佐兵衛を真似ることに集中して、術を覚え日に

日に腕を上げていったのだ。

佐兵衛は、弟子の成長と共に自らもまた厳しい修行を己れに課し、果てなき進

化を遂げていった。

若き師弟はこうして駿府城下に足を止めた。

ここでも、佐兵衛は邦太郎と共に武芸の冴えをみせ、方々の剣術道場、武芸場

から出稽古を請われ、しばらく逗留することとなるのだが、この地で邦太郎に異

変が起こった。

生きるよすがを武芸に求め、ただひたすら北条佐兵衛を真似て修行に励んでき

た邦太郎が、町医者の娘・お松と恋に落ちたのだ。

佐兵衛は、弟子として認めたものの、あくまでも自儘に付いてくればよいと、

邦太郎の行動には一切干渉してこなかった。

自分はひたすら修行に励むが、傍に付いていたいなら勝手にすればよいという姿勢を取り続けていた。

それゆえ、

「惚れた女ができたというのはめでたいことだ。お前はこれを機に、お松を妻として駿府に落ち着けばよい」

と告げた。

女連れで旅に付いてこられても困るので、そうすべきだと勧めたのだ。

邦太郎は、どこまでも佐兵衛に付いていくつもりであったが、お松に子が宿ったと知り、駿府で〝北条一心流〟の道場を開いて、妻子と暮らすと誓った。

お松の父が、道場を用意してくれて、邦太郎は弱冠二十四で己が道場を構えることになり、佐兵衛と別れたのだ。

元より一人で修行の旅に出るのが望みの佐兵衛であった。一抹の寂しさもあったが、再び自分だけが修行に励める状況を喜びもした。

やがて久枝が生まれ、新井道場は門人が押しかけるほどの派手さはないものの、医者である義父の後押しもあり、町の者達に稽古をつけ、それなりに穏やかな暮らしを送っていた。

旅の空で佐兵衛はそれを知って喜んでいたのだが、医者の義父が亡くなると、邦太郎は江戸へ憧れを抱いた。

同じ道場を開くなら、将軍家のお膝下である江戸が好いと考えたのだ。

彼の地で北条一心流の名を広めたいという野望もあった。それが自分を拾ってくれた佐兵衛への恩返しと思ったのだ。

しかし、名だたる道場がひしめく江戸にあって、邦太郎が名声を轟《とどろ》かすのは一朝一夕にはいかない。

まず己が実力を認めてもらってから、道場開設に漕ぎつけようと思ったが、佐兵衛ほどの圧倒的な強さはまだ身に付いていない邦太郎は、実力があっても江戸の洗練された剣術に馴染めなかった。

そのうちにお松が病に陥り、方便に窮して清河屋団右衛門の用心棒となり、急場をしのいだのだ。

佐兵衛はお松が重病であると旅先で知り、邦太郎から知らされていた住まいを訪ねてみると、既にお松は亡くなっていて、邦太郎と娘の久枝は姿を消していた。

聞けば邦太郎は団右衛門一家の用心棒として、随分と重宝されていたが、妻女の死以降、忽然《こつぜん》と姿を消してしまったという。

佐兵衛には邦太郎の気持ちが読めた。

江戸へ出て師から学んだ武芸を広めんとしたものの、やくざ者の用心棒に成り下がった。

合わす顔がないと、姿を消してしまったのであろう。

旅から旅に暮らしていた佐兵衛であったが、これを機に江戸に落ち着き、修行の合間に邦太郎の行方を求めてみようと思った。

「お竜、お前を拾って、橋場の家へ連れ帰った頃であった」

「左様で……」

お竜は神妙に頷いた。

佐兵衛は三年の修行の間、もう一人の弟子については一切話さなかったが、橋場の浪宅を出る時は、新井邦太郎の行方を求めていたらしい。

「そうして、遂に見つけたのですね」

文左衛門が問うた。

「三年がかりでやっと……」

佐兵衛は苦笑した。

邦太郎は、団右衛門から渡された金が残っていたので、板橋の外れで父娘でひっそりと暮らしていた。

浪人であった彼の父は、凧作りを内職にしていたと聞いていたので、邦太郎もまた剣を捨てたなら、凧の内職で娘を育てているのではないかと思った。

それで、その筋から調べたところ、やっと捜し当てたのだ。

娘には知られたくないこともあるだろうと、外へ出たところをそっと捕えると、

「先生……。面目次第もございませぬ……」

邦太郎は涙ながらに詫びた。

師の武芸を汚した想いと、自分を捜し求めてくれた厚情に感激したのだ。

佐兵衛は何も言わなかった。

「お前には、お前の生き方があろう。武芸者として生きるばかりが人の道ではない。娘を平穏無事に育てあげるのもまた、立派な生き方なのだ」

邦太郎が、悪い奴とはいえ、金のために人を斬ったことを打ち明けても、佐兵衛は邦太郎を責めなかった。

佐兵衛は、武芸者の意地で、何度となく果し合いに臨んできた。

人の命を奪ってきた点では、何も変わりはない。己が心に大義があれば、許さ

れることではなくとも、恥ではない。

そのように諭した上で、

「だが、同じところに三年住めば、奴らがお前の居処に気付いて、またよからぬ誘いをかけてくるかも知れぬ。京橋、鉄砲洲の辺りに越すがよい」

と、勧めた。

ちょうどその頃、お竜を〝鶴屋〟出入りの仕立屋として送り込む話が出来ていたし、佐兵衛の理解者である文左衛門も近くに住まいを構えている。

文左衛門は何かの折は頼りになるし、佐兵衛にとって江戸での知り人は、この辺りにしかいない。

それゆえ、邦太郎に勧めたのだ。

そして邦太郎は久枝と共に、鉄砲洲の南方、上柳原町に住まいを見つけ移り住んだ。

「娘と穏やかに暮らすならばそれでよし。わたしは訪ねずにおこう」

邦太郎に殺人剣を仕込んだのは自分であるから、何か起こらぬ限りは、この先会わずにおこうと思ったのだ。

「だがお竜、お前は何も知らずとも、新井邦太郎とやがてどこかで行き合えば、あ奴のことが気になるのではないかと思うていたよ」

佐兵衛は、邦太郎については文左衛門に一切話さなかったが、お竜は邦太郎に自分の姿を見るのではないかと思っていた。

「いつか、折を見て、あ奴のことは方々《かたがた》に、話そうと思うてはいたが、いよいよその時がきた」

「よくぞお話しくださいましたねえ」

「北条先生、御貴殿は、真によき師匠であられます」

文左衛門と勝之助は感じ入った。

「先生、それであたしも埒《らち》が明きました」

新井邦太郎が気になった理由が明らかになり、お竜の心の内に漂っていた靄がすっと消えた。

「先生は、新井さんのことを時折、そっと……」

「うむ。気配を消す稽古を兼ねてのう」

「左様で……」

きっと師は、自分のことも気付かぬうちに見守ってくれていたのであろう。

そう思うと、お竜の胸が熱くなった。

佐兵衛は、江戸に来る度に、そっと邦太郎の様子を見ていた。決して過度な干渉はせぬものの、弟子の表情を見れば、何か大事を抱えているとすぐに知れる。

そして遂に、ただならぬ様子の邦太郎を見かけ、誰にも知られぬようにして、そっと声をかけてみたのに違いない。

危ない時は、符牒《ふちょう》で話が出来るように、佐兵衛はお竜を仕込んでいた。同じように邦太郎にも教えていたのだ。

そうして語りかけ、大事を聞き出したのに違いない。

「邦太郎とお竜、おかしな因縁でござるが、いずれも某の弟子。二人のしくじりを、どうか許してやってくだされい……」

佐兵衛は、文左衛門と勝之助に頭を下げたのであった。

(九)

翌朝。邦太郎の浪宅に迎えの駕籠《かご》がやって来た。

それに乗れば、久枝の無事な姿を見られることになっていた。

そして、久枝の姿を見た後は、再び駕籠で浪宅に戻り、次なる殺しの相手が誰か、報せがくるという段取りだ。

邦太郎に考える間を与えず、尚かつ何かを企むことのないようにという、団右衛門の知恵である。

昨日も、浅草正覚寺の茶屋を出て、家へ帰るまでの間、邦太郎の動きは、団右衛門の用心棒である安住、室崎の二人に見張られていた。

波除稲荷で掛茶屋に茶を飲みに立ち寄った他は、どこにも寄らずに邦太郎は己が住処《すみか》に帰った。そして、朝まで外へ出なかったのを、見届けていた。邦太郎は気付いていたが、なすがままにした。

「清河屋の旦那から、お迎えにあがるようにと申しつかりました」

駕籠屋はそう伝えて、邦太郎を乗せると、実にゆったりと走り出した。

そうして廻り道を繰り返すと、道中二度にわたって駕籠を乗り替えさせられた。

やっと駕籠が目当てのところへ着いたのは既に昼を過ぎていた。長々と駕籠に揺られていると、体の動きが鈍る。

安住、室崎は駕籠が出たのを見届けると、一足先に目当ての場所へ行って、いざという時のために備えるのだ。

二人共、冷酷な浪人で、新井邦太郎に大仕事を奪われるのがおもしろくない。

ここぞとなれば、二人で斬り刻んでやるつもりでいた。

着いたところは、田圃《たんぼ》に囲まれた小川沿いの寮である。遠くに武家屋敷が甍《いらか》を争う景色が見えるので、牛込中里町の外れであろうか。

駕籠は寮へ入ると、庭で止まり、下ろされていた垂《たれ》が上げられた。

駕籠舁《か》きがその場から離れると、縁の向こうから、

「どうぞそのままでいておくんなさいまし」

団右衛門の声がして、障子戸が開いた。

中には団右衛門と三蔵。その横に室崎と安住が片膝立ちでいて、二人の真ん中に久枝がいた。

団右衛門自らが来て、娘の無事を伝えるようにと、邦太郎は注文をつけていたのだ。

久枝は縛《いまし》められてはいないが、屈強の浪人二人に両脇を固められ、顔を強張《こわば》らせていた。

それでも武芸者の娘として育てられてきた。

何があっても泣き顔は見せぬという気丈さを備えていて、邦太郎の顔を見ても泣かなかった。

「久枝、大事ないか」

邦太郎は落ち着いて問いかけた。

「はい。怪我などはありません」

久枝はしっかりとした口調で応えた。

「そうか、もう少しだけ辛抱しておくれ」

邦太郎は、娘を不憫に思いつつ、やさしく声をかけた。

「もう少しの辛抱……。先生、いよいよその気になってくださいましたか」

邦太郎は厳しい表情で、

「まず、次なる指図を待とうではないか。三蔵、よいな」

と、応えた。三蔵はニヤリと笑って、

「へい。恐れ入りやす。お嬢さんはその間、手厚くおもてなしさせていただきますよ」

団右衛門と共に頷いてみせた。

「久枝、どうしようもなく恐しい目に遭った時は、目を瞑《つむ》って堪《こら》えるのだ。ただじっと目を瞑っていよ」

「はい、父上……」

父娘はしっかりと見つめ合った。

「そんな恐しい目には遭わせませんよ」

三蔵が宥《なだ》めるように言うと、障子戸は再び閉められ、駕籠の垂は下ろされて、駕籠舁きは再び邦太郎を乗せて寮を出た。

思ったままにことが進んだと、寮の中では、団右衛門と三蔵がほくそ笑んでいた。

「さて、お嬢さん、また他所《よそ》へ移ってもらいますよ」

三蔵が久枝に言葉をかけた時であった。

突如、部屋に黒装束、黒覆面の三人が飛び込んできた。

お竜、井出勝之助、北条佐兵衛の三人が、邦太郎を乗せた駕籠をつけ、寮を把握した後、着込んでいた黒装束となり、素早く忍び込んだのだ。

三人共に、その場の状況を見るや、何をすればよいのか即断出来る腕を持っている。

邦太郎が久枝の無事を確かめ、存外におとなしく駕籠に乗ったまま去っていくと、安住、室崎の二人も一息ついた。

十やそこらの娘相手に気を張ることもない、処を変えて、団右衛門の乾分達に見張らせておけばよいのである。当然気も緩む。

「目を瞑れ……！」

佐兵衛が久枝に声をかけると、勝之助と二人で二人の用心棒を一刀の下に斬り捨てた。

その時には、お竜が団右衛門と三蔵を短刀でそれぞれ一突きにしていた。三蔵こそが、あの日本願寺橋で邦太郎に声をかけ、木挽町の方に連れ出した男と、この場で知れた。

まさか新井邦太郎にこんな味方がいると思いもよらなかった団右衛門であるが、気がついた時には地獄へ落ちていた。

寮には数人の乾分達が周囲を見張っていたが、黒い影を見た途端、当て身をくらって放心していた。

勝之助が久枝を抱えて駆けた。

「まだ目を開けてはならぬぞ」

久枝は父の教えを頑《かたくな》に守っている。

外には〝駕籠政《まさ》〟からきた俊足の駕籠舁きが待ち構えている。

勝之助が久枝を乗せると、駕籠は猛烈な勢いで駆け出したのである。

㈩

文左衛門は、新井邦太郎と久枝をしばらくの間、江戸橋の船宿〝ゆあさ〟で保護をした。

その後の団右衛門一家の動きを見定める間をとったのだ。

あの日、寮で気を失った乾分は三人いたが、正気に戻ってみれば、広間で四人が殺されているのを見て、散り散りに逃げ去った。

新井邦太郎は、明らかに駕籠で寮から立ち去ったはずだ。

ところがその直後に寮が襲われたとなれば、とてつもない大きな敵が攻めてきたと考えたとて無理もない。

もしや、谷中の円蔵が団右衛門に狙われているのを知り、手を廻したのかもしれない。

そう思うと逃げるしかなかった。

他の乾分達も同様で、料理屋〝清河屋〟はこの事実を知るや、夜逃げ同然に人がいなくなった。

円蔵は、団右衛門の縄張りには一切手を付けずに、

「奴の身内の者を見かけたら、片っ端から痛めつけてやれ」

と乾分達に号令をかけ、団右衛門とは兄弟分の縁を切っていたと、世間に言い立てた。

関り合いになるのを嫌がったのだ。

新井父娘はひとまず難を逃れた。

一度道を踏み外すと、人はなかなかまっとうに生きられない。

北条佐兵衛は、久枝を助けた後、

「わたしの弟子は邦太郎とお竜の二人のみ。いずれも、その才を引き出しはしたが、そのために、二人を不幸せにしてしもうたかもしれませぬ」

文左衛門につくづくと語った。

この度、江戸へ戻ってきたのは、お竜と邦太郎が気にかかったからであったが、二人共に屈託を抱えて暮らしていると知り、己れの罪の深さに気付かされたという。

「先生、それは思い過ごしでございますよ。新井さんの一生は終ったわけではございません。先生に武芸を教わっていなければ、旅の空で野垂れ死んでいたかも

しれなかったお人が、旅先で惚れた女と一緒になり、かわいい娘を儲けて、その二人のために苦労したのは男として本望ではございませんか。お竜さんも、先生に命を救われ、強くなって、鬼退治の向こうにある幸せを探して暮らしています。幸せを見つける旅。これほど楽しいものはございませんよ。二人のお弟子は、一生先生に手を合わせて生きていきましょう。何といっても、先生はどこまでも二人を見捨てはしない、それがわかっているのですから……」

文左衛門がそのように応えると、佐兵衛は隠居の言葉を嚙み締めるように、しばし瞑目してから、

「某は何ごとも一人で考え、己れを鍛え、一人で生きていかんと思いましたが、やはり某もただの人でござるな。文左衛門殿と話していると、心が安らぎ、またひとつ強うなった気がいたす。真に忝《かたじけな》し……」

深々と頭を下げた。

「あとのことは、わたしにお任せください」

文左衛門は胸を叩いた。

言葉足らずの北条佐兵衛は、

「何卒よしなに……」

文左衛門の申し出を素直に受けて、二人の弟子を引き合わせもせず、再び旅へ出てしまった。

お竜と邦太郎は既に会っている。

あれこれ語らい、交誼《こうぎ》を重ねるまでもない二人なのだ。

お竜と勝之助もまた、あとのことは文左衛門に任せ、新井父娘とは言葉も交わさぬまま別れた。

文左衛門は、父娘に北条佐兵衛が達者で暮らせ、何ぞの折は文左衛門殿に頼れと言って、旅発ったことを報せると、二人を箱根湯本へ送った。

早川屋《はやかわや》平右衛門《へいえもん》が〝頼りになる居候〟を探しているので、そんな人がいればいつでも寄こしてもらいたいと、文で言ってきていたので、二人を行かせることにしたのだ。

しばらく湯本で父娘が落ち着いて暮らせば、そのうちまた新たな道も見えてこよう。

武芸者の道とて諦めずともよいはずだ。

邦太郎は、

「先生が導いてくださった縁ならば、ありがたくお受けいたします。この御恩は一生忘れませぬ……」

と、文左衛門に何度も手を合わせ、春も終りのある日、娘と共に旅発っていった。

「某の妹弟子殿に、よしなにお伝えくだされ」

と、にこやかに言い置いて――。

お竜と勝之助は、いつもの毎日に戻った。

〝鶴屋〟で顔を合わせると、勝之助はお竜を見送りながら、

「仕立屋、それにしてもお前は、父と娘を見ると世話を焼きとうて仕方がのうなるのやなあ」

からかうように言った。

「そういやあ、そうですねえ。酷い父親に随分と苦しめられましたからねえ」

「好い父親を見かけたら、肩入れしとなるか」

「そんなところですよ」

「それはええけどな。肩入れするあまり、おれに刃を向けるなよ」

「刃を向けたりはしていませんよ」

「この前、身構えたやないか」

「だからあれは、体に力が入っただけですよう」

「それを身構えたというのや」

「女が身構えたくらいで、刀の鯉口を切りますかねえ」

「ただの女が身構えたわけやないさかいな」

「そんならこれからは、ぼーッと突っ立っていますよ。あたしもばっさりいかれるのが恐いからねえ」

「ばっさりいかれる女やないやろ」

「憎たらしいことを言うのは、この口ですかねえ」

お竜は言い返しながら、勝之助の頰を思い切りつねった。

「痛い、痛い……。お返しがきついがな……」

とりあえずこういう日常も悪くない――。

お竜はからからと笑うと、背中越しに勝之助に手を振って、いつもの道を歩き出した。

文春文庫

恋《こい》 風《かぜ》
仕立屋《したてや》お竜《りゅう》

定価はカバーに
表示してあります

2024年2月10日　第1刷

著　者　岡本《おかもと》さとる

発行者　大沼貴之
発行所　株式会社 文藝春秋

東京都千代田区紀尾井町 3-23　〒102-8008
TEL 03・3265・1211㈹
文藝春秋ホームページ　http://www.bunshun.co.jp

落丁、乱丁本は、お手数ですが小社製作部宛お送り下さい。送料小社負担でお取替致します。

印刷製本・TOPPAN

Printed in Japan
ISBN978-4-16-792169-9